― 書き下ろし長編官能小説 ―

発情フェロモンの虜

北條拓人

竹書房ラブロマン文庫

目次

この作品は、竹書房ラブロマン文庫のために
書き下ろされたものです。

序章

「どこかに良い耳鼻科とかないかなあ。できれば美人の女医さんとかだと、うれしいけど……」

大学生の川村一平《かわむらいっぺい》は、自らの鼻を摘《つ》まみ、軽く左右に揺すらせてから、スマホで近隣の耳鼻科を検索した。生来の気質で能天気に構えているが、実は意外に切実だ。

というのも、ムッとするほどの草いきれが、まるで鼻先に草葉を押し付けられているかのように濃厚に感じているからだ。

むろん、一平は草叢《くさむら》に身を置いている訳でもなければ、草の一本にすら触れてもいない。ただ初夏の日差しを浴びながらバスを待ち、立っているだけなのだ。

住宅地ではあっても、アスファルトとコンクリートに囲まれた都会の片隅《かたすみ》で、こんなに濃厚な草いきれなど感じるはずがない。申し訳程度に道端《みちばた》には花壇が設《しつら》えられているものの、その草花の匂いなどたかが知れている。

「部屋を出るまでは、何も感じなかったよな……」

思い起こせば、バス停に到着した直後に、ワサビが鼻の奥を抜けるような、あのツンとする感じがした。それが収まったかと思うと、こんな有様なのだ。

「いつまでこんな状態が続くのか……」

恐らく、何かの匂いを草いきれと錯覚しているのだろう。

実は、鼻自体の異常は、今にはじまったことではない。

つい先日までは、全く匂いを感じられずにいた。それが今しがた急に鼻が通ったかと思うと、今度はこの状況に追いやられている。異臭を感じているのか、もしくは反対に嗅覚が敏感になっているのかも、判らない始末だ。

嗅覚異常の元凶は、世界的に猛威を振るった感染症にある。

嗅覚と味覚に異常を感じ、病院に行ったが、治療法はないと告げられた。

それでも、ほとんどのケースが数日経てばよくなると、いかにもヤブっぽい説明を聞かされたのが三月ほど前。味覚こそ蘇《よみがえ》ったものの、嗅覚がこの状態では、未だに、正常に戻ったとは言い難《がた》い。

「やっぱ、あれはヤブ医者だったか」

適当に、アパートに一番近い耳鼻科を受診したのが間違いだったかもしれない。

「でもなあ……。この近辺に、まともな耳鼻科なんてなさそうだしなあ。駅のあたりにも評判のいいところは見当たらないか……」

ならばと、一平がもう一度検索をかけているところにバスが来た。

目の端《はし》でバスの表示が目的の駅になっていることを確認してから、ステップを上がる。瞬間、鼻腔に得も言われぬいい匂いが飛び込んできた。

相変わらずスマホの画面に視線を向けていた一平は、バスの中に充満する匂いに驚いた。

「うおっ！　な、なんだこの匂い？」

強烈ではあったが、あまりのいい匂いに釣られ、うかうかとバスに乗りこんでしまった。けれど、すぐに、それが失敗であったと悟った。

バスのステップの中央に立ち尽くしたまま、一歩も動けなくなってしまったのだ。

甘い匂いが嗅覚を席巻し、全ての感覚を脅《おびや》かしている。脳が無秩序に活動しはじめ、ひどい混乱状態に陥《おちい》った。

先ほどまでの草いきれ同様、何かの匂いを錯覚しているのだろうが、正直、何が起きているのかも判らない。

「バスが発車しますので、吊革におつかまりください」

そのバスの運転者は女性であるらしく、親切なやさしい声が一平に向けてアナウンスされた。にもかかわらず怒涛《どとう》の如く押し寄せる匂いに、目の前がクラクラして、動こうにも動けない。

心臓がバクバクと早鐘を打ち、頭や顔、掌《てのひら》や足の裏までが異様なほどに熱くなる。比例して全身からは力が抜け落ちそうになり、ふらつきそうになる足を励まして、やっとの思いで吊革につかまった。

「な、なんだこれ……。信じられないほどのいい匂い……」

吊革を摑《つか》んでいるのも辛い。どうやら凄まじい芳香に、腰が抜けるほど蕩《とろ》けてしまったらしい。

咄嗟《とっさ》に一平は、自らの鼻を指で摘まんだ。

鼻を塞《ふさ》いでも空気は漏《も》れて、匂いを感じた。けれど、辛うじて一時期の混乱状態からは、立ち直ることができた。

足に力が入ることを確認し、ぐっと踏ん張りを利《き》かせる。

(やばかった……。でも、まだ鼻から指を離すのはまずい……?)

幾分、余裕ができたことで周りの視線が気になった。

比較的、バスは空いているものの座席のほとんどが埋まっている。

次のバス停で降りて乗りかえようかとも考えたが、いつの間にかバスは随分先に進んでしまっていた。

（もしかして、口で呼吸すれば大丈夫かも……）

そう思い付き、恐る恐る鼻から手を離す。即座に、強烈な芳香がまたしても飛び込んでくるが、意識的に口呼吸をしてやり過ごす。

嫌な匂いではなく、いい匂いなのだから我慢《がまん》できないわけではない。

頭の中が急速に真っ白になり、ぽんぽんと花が咲くような感覚に襲われるのも、実は酒に酔うようで気持ちがいい。

何もしたくない。ただこのままでいたいと思うようになるのだから、ある意味、ドラッグなどに似ているのかもしれない。

（噂に聞くトリップする感覚ってこんな感じかな……）

だが無論、一平にクスリをやった記憶などない。

（ああでも、この陶酔感はセックスとかに近いかも……。やばいなあ、また嗅《か》ぎたくなっている）

その依存性の高さに負け、一平は、少しだけ鼻から空気を吸い込んだ。

調節して吸い込んだこともあったが、少し慣れてもきたのだろう。多幸感や陶酔感に囚《とら》われる一方で、ぎこちないながらもカタカタと音を立てるように思考の歯車がまわりはじめる。

吸い込んだ匂いが、何の匂いに近いかを推測していた。

その甘い芳香には、実に複雑に様々な匂いの成分が含《ふく》まれている。

ヨーグルトに蜂蜜を混ぜたような、酸性の匂いの中に甘美な匂い。石鹸のような匂いや海辺で嗅いだ少し生臭いような匂い。饐《す》えた汗臭さにも似て、乳臭くもあるような、そんな匂いが次々に連想されていく。

唐突に、頭の中で「おんなの匂いだ！」と閃きが舞い降りた。それも比較的若い女性の匂い。

それほど多いとは言えないが、一平にも女性経験があった。

うだるような暑さの中で、汗だくになって彼女のカラダを貪《むさぼ》ったあの夏の日。紅潮して汗ばんでいる女体から同じ匂いを嗅いだ気がする。

深く息を吸い込むたびに、目の奥がカチカチするような、同時に頭の中が自動的にどんどん幸せになっていくあの感覚。大脳を麻痺《まひ》させ、生殖本能だけの存在へと堕《お》とされてしまう淫臭《いんしゅう》。まさしくあの時の匂い。

（ああ、だからセックスが連想されるんだ……）

気がつけば、ガチガチに分身が屹立《きつりつ》している。ジーンズの中、無理やりに押し込められた肉塊は、その狭苦しさに痛みを通り越して、感覚が失われるほどにまで痺《しび》れている。それもこれもこのエッチな匂いに反応してのことなのだ。

（にしても、誰がこんな匂いをまき散らしているんだ？　第一、こんなにエロい匂い、みんな気にならないのか？）

このままでは射精しかねないほど、脳細胞がぐつぐつと煮え立ち、視界にはピンクの幕が降りはじめている。まるで夢精する寸前の切羽詰まり方に、さすがにやばいと一平は、今一度口呼吸に切り替え、匂い成分の鼻への侵入を和《やわ》らげた。

呼吸をなるべく浅くすることでも調節して、今にも惑溺《わくでき》しそうになるのを、平常に保つ。

上手《うま》く折り合いがついてくると、芳香とは別に、排気ガスの匂いやほこり臭さ、バス独特の匂いなども嗅ぎ分けられることに気づく。

ということは、この現象は、何かの匂いを錯覚している訳ではなく、異常に嗅覚が鋭敏になっているのかもしれない。

（ってことは、全部リアル……？）

試しに少しだけ鼻から息をしてみると、プラスティックや鉄の匂いまでが嗅ぎ分けられる。

換気のためにわずかに開けられた窓からは、木々の香りや食べ物の匂いを乗せた風が、一平の鼻に飛び込んできた。

(だったら、この一番悩ましい匂いはどこから？　まさか本当におんなの匂い？　いや、いや、こんなにあからさまにエロい匂いをさせているおんながいるわけないよ)

様々な匂いに混じり、相変わらず一平を悩乱させるあの匂いが、絶えず鼻先をくすぐっている。

淫靡《いんび》な誘惑を受けているようで、どうしようもなくソワソワさせられる。

(もし、もしもだよ。おんなの匂いだとして、じゃあ、この匂いは誰が……？)

何度も匂いを吸ううちに、またも一平の脳細胞を多幸感や陶酔感が占めてくる。

半ば酔っぱらった感覚で、一平はバスの中を見渡し、匂いの源泉を探った。

まばらであった人影は、いつの間にか一平が乗車した頃よりも増えている

途中、何度かバスが止まっては、客が乗り降りをしているが、魅惑の匂いは相変わらず消えていない。つまり、その源泉であるおんなは、一平が乗る前からずっと乗車している客の誰かなのだ。

バスの丁度、真ん中あたりに立つ一平は、まずは後方に顔を向け、匂いを探ってか

ら、すぐに顔を前方に向け直し、そちらの方にも鼻を利かせる。

またしてもポンポンと頭の中に花が咲き、鼓動がドクドクと早まった。

（ああっ！　やっぱ前方からか……）

視線に入った女性は、四人。うち一人は高齢者なので除外。さらにもう一人も、中高年の女性で、この人でもなさそうだ。

（残りのふたりは、学生っぽい女の子と、もうひとりは社会人だろうなあ……）

身に着けている衣服や髪型から何となく想像がついた。

若い女性は、夏らしいワンピースを身に着け、いかにも学生っぽい髪型の女の子。年のころは、二十歳の一平とそう変わらないように思える。

そしてもう一人は、白い半袖のブラウスを身に着けた女性。小脇にスーツの上着らしきものを抱えているから社会人なのだろう。落ち着いた雰囲気から一平よりも年上であることは明らかで、二十代後半といったところか。

（だとすると、匂いの源泉はあの学生っぽい娘かも……）

そうアタリを付けたのも、やはり匂いからだった。ヴァニラ系の甘さを伴《ともな》う匂いには、微《かす》かに饐えた匂いが入り混じっている。おんなの嗜《たしな》みとしては隠したい匂いなのだろうが、新陳代謝の激しい年頃であればこそ、その匂いを隠しきれない。だからこそ、一平も若いおんなの匂いと推測したのだ。

その自分の推理を確かめたくて、ややもするとふらつきそうになる足元を慎重に進め、ゆっくりとその場を移動した。

その娘の座席近くまで来ると、何気ないふりを装《よそお》って、側のつり革につかまった。

（おおっ！　可愛いじゃん。こんな娘が、あんなにエッチな匂いをさせるの？）

まるで変態にでもなったような気分で、ワクワクする。

そんな一平の興奮に、まるで彼女が気づいていないところが、またそそる。

（よし、よし！　では、あの匂いをより近くで嗅がせていただきますか）

あれほどの魔惑の芳香を近距離で浴びて自分はどうなってしまうのか。危ぶみながらも、まるで飢餓するように禁断の香りを求め、あたりの空気を吸い込んだ。

（んわぁぁっ！　甘酸っぱいぃっ！　こ、これもいい匂いには違いないけど、なんか違うぞ！）

確かに、陶酔感にも似た感覚は押し寄せるが、トリップするほどの魔的な感じはしない。

言うなれば、別の種類の花畑に足を踏み入れたような感覚なのだ。

（うん。この娘の匂いも間違いなく漂《ただよ》ってるけど、これじゃないんだ。俺の求めている匂いは……）

嗅覚が信じられないほど鋭敏であるからこそ、その違いが如実《にょじつ》に判る。

（だったら、この匂いは、あの女性のものか……）

確かめたいというよりも、最早誘われるように一平は、ゆっくりとその年上のおんなに近づいた。

このバスに乗車する女性の中で、唯一、ずっと立っていたのが彼女だ。

一平はそっとその女体に近づき、何気なく隣のつり革につかまった。

ただ隣に立っただけで、こめかみのあたりがキーンとなり、体中の毛穴がぶわっと開いた。口から吸い込んだ空気にも、紛《まぎ》れもなく彼女の匂いが入り込んでいる。

（こ、これだ！　この匂いっ！　ああ、やばい、やばい。クラクラしちゃうよぉ）

彼女からは、明らかに性的なそういう匂いがしている。ただ隣にいるだけで、届いてしまうその薫《かお》り。吊革につかまる無防備な女性の腋《わき》の下から、噎《む》せ返るほど濃厚で悩ましい匂いが、もうもうと漂っている。否、匂いを発しているのは彼女の腋の下ばかりではない。彼女のショートボブの黒髪やうなじのあたりからも、ブラウスを盛り上げる胸元や、キュッとくびれた腰のあたりからも、もしかするとさらにその下の下腹部からも、濃厚で悩ましい薫香が湧き上がっているのだ。

(うおおおっ。な、なんだぁ、匂いのエキスが濃くなっていく？)

心なしか匂いがきつくなっていくのは、気のせいではないだろう。もしや、隣に移動してきた一平の存在を彼女も意識したのだろうか。

まさかとの思いに、思わず彼女の顔を横目で見つめてしまう。すると、彼女も一平を盗み見ているのか、視線が絡《から》み合って解《ほど》けなくなってしまった。

(あぁ、こんな美人が俺のことを見つめてる。やばいよ。目が離せないよ)

絡み合った視線が離れたのは、恥ずかしげに彼女が目を逸《そ》らしたからだ。

(いやいや、無理があるよ。俺、判ってしまったよ。俺のこと牡《おす》として意識してるよね？　それ、牝《めす》の匂いだよね？)

あまりにも現実味を欠いたこの想いが、妄想であることは一平にも判っている。けれど、そういうことをしているときに嗅いだ記憶のある匂いだと、屹立したセンサーが痛いほどに疼《うず》いてそう告げている。

(この人は、俺に欲情してる！)

凄まじいほど官能的香りに、一平は狂わされているのだろう。さらに一平は、掻痒《そうよう》にも似た衝動を感じている。

彼女に鼻を押し付け、その女体の隅々まで匂いを嗅ぎまわりたいのだ。

細いカラダをハグして、そのうなじの匂いをくんくんと嗅いでしまいたい。ブラウスの上からでも判るほど大きな丸いバストに鼻先を沈め、乳房の匂いを貪りたい。そのお腹やわき腹のあたりの薫香を思う存分吸い込みたい。太ももや美脚の匂いもたっぷりと嗅いだ後、その股座《またぐら》に鼻を押し付け女陰の匂いも堪能《たんのう》したい。

想像しただけで、隣から漂う牝臭が、一平を陶酔と多幸感へと運んでくれる。

と、不意にバスが急制動をかけ、大きく揺れた。

「きゃあ！」と小さな悲鳴を上げながら彼女も、女体を大きく揺れさせる。ヒールを履《は》いているせいかカラダを支えきれず吊革から手が離れた。

咄嗟に、一平はその細い腕を捕まえ、自らの腕の中で彼女を抱き支えた。ぐぐっと強くふくよかな乳房が胸板に押し付けられ、ブラウス越しの感触とますます濃くなる芳香に、お腹のあたりがキュンとなった。またぞろ頭が真っ白になって、ぽんぽん花が咲き乱れる。

残酷なまでの抱き心地のよさ。腕にすっぽりと収まるジャストフィット感。そして、信じられないほどのいい匂いに呆然自失、何が起きたのか判らないほど。脳みそが痺れまくり、自分は射精したのではと疑うほどに、陶酔感に浸《ひた》っている。

（何もしたくない。このままでいたい……。このまま彼女を抱き締めていたい！）

狂おしいほど切望したが、腕を解かぬわけにはいかない。

未練がましく女体の抱き心地を味わってから、ゆっくりと彼女を解放した。

「あ、ありがとうございます。助かりました」

「い、いえ。こちらこそ、抱き締めてしまってごめんなさい」

「あ、いいえ。咄嗟《とっさ》のことですから。それよりも、私、脚を踏んだみたいで。痛くありませんでしたか？」

彼女に言われ、ようやく足に何かが刺さったような感触が残っていることに気がついた。ヒールに足の甲を踏まれたのだろう。けれど、まったく痛みを感じない。

それほど心身ともに陶酔しきっているらしい。

「ああ、大丈夫です。痛くも痒くもありません」

「そ、そうですか。よかった。あの、私、次のバス停で……。本当にありがとうございました」

彼女の名前や素性を知りたいが、それ以上の会話は繋《つな》がらなかった。

バスを降りる際にも、小さく会釈する彼女。切ない残り香が一平の胸を疼《うず》かせた。

第一章　微熟の女医と肉感ナース　淫らな治験

1

「それで、その……。こ、この鼻って、正常に戻るのでしょうか？」

換気を意図して開け放たれた窓からは、ムンとした湿度を感じる風が、様々な匂いを乗せて入り込んでいる。

けれど、そんなことはどうでもいい。何よりも一平は、目の前の美女たちから漂う匂いに、心臓がバクバクいうのを禁じ得ない。

ひどく消毒液の匂いが充満しているにもかかわらず、彼女たちが発する悩ましくも香しい牝臭が、またぞろ一平を惑わせるのだ。

あの後、バスを降りた一平は、大急ぎでスマホで検索し、ヒットしたのがこの耳鼻科だった。

ネットではすこぶる評判がいいようだが、一平が通う大学への道すがら、こんな医院があったとはついぞ気づかなかった。

院長の名前が、鹿野恋菜《しかのれな》と記されているのを目敏《めざと》く見つけ、一も二もなくそこで診《み》てもらうことに決めた。

ついていたのは、その日の午後に予約が取れたことだ。

はじめにかかったヤブ医者でも、すぐには予約が取れずに待たされたのに、評判のよい病院にすぐに予約が取れたのは、僥倖《ぎょうこう》以外の何物でもない。

さらに一平は、自らの名前がアナウンスされ診察室に通された途端《とたん》、医師としてチェアに座る美女の姿に、今日が大吉大大吉の当たり日なのだと気づかされた。

(ウソでしょう？　この人が医者だなんて信じられない。まるで女優とかタレントとかみたいじゃん……！)

診察室の扉を開き、その美貌《びぼう》が目に留まるなり、一平はその場に固まってしまったほどだ。

びっくりするほどの小顔に、細い顎の稜線。そのせいか目がずいぶんと大きく感じられる。その瞳には女医らしい理知的な光を宿し、細い柳眉とあいまって、意志の強さを物語っていた。

美しい額からすっと連なるように鼻筋が通り、小さく鼻翼を拡げている。こんなに鼻腔が小さくて息苦しくはならないのかと心配になるほどだ。

これだけなら冷たい美人の印象を持たれがちだろうが、「今日は、どうしましたか？」とやわらかい声と共に彼女が微笑《ほほえ》むと、その冷たい印象が鮮やかに溶け去り、慈悲深くも人懐《ひとなつ》っこく感じられるから不思議だ。

恐らくは、肉厚の花びらのような唇がそう感じさせるのだろう。少しばかり口角の上がった口唇は、可愛らしくもあり艶《つや》やかな印象でもあり、彼女の美しさを極限にまで昇華させている。

年齢は、院長を名乗るくらいだから二十代後半から三十代なのだろうが、どう見ても二十代半ば以上には見えない。

その若々しさをショートカットの明るい栗色の髪が際立《きわだ》たせている。ざっくりと耳にかかる程度にまでカットされていて、ラフな印象を与えつつ今どきの女性らしくスタイリッシュに見せるのだ。

（こんな美人の先生に見てもらえるのだから、大当たりだ！）

一瞬にして自らのタイプど真ん中の美人女医から目が離せなくなる。

まるで夢遊病者のように美女医の前の椅子に腰を掛けると、すぐに看護師がやってきて、一平の首元に前掛けを結び付けていく。

その香《かぐわ》しい匂いに誘われて、看護師の顔に視線を向けると、こちらもすこぶる付きの美女なのだ。

(ぎゃあぁぁ！ 本当に大当たりも大当たり、この看護師さんも超美人だ！ しかも、すっごく可愛い!!)

その少女のような可憐さを残した美しさに一瞬打たれたようになった。

その美貌は抜けるように白い。その中で唇だけが、鮮やかな純ピンクに色めいている。それが何とも壮絶な色気に感じられた。

やわらかく微笑《ほほえ》んで一平の側にあるその美貌は、どこまでも完璧に思えた。

大きな目、高くはないがまっすぐに筋の通った鼻梁《びりょう》、そして小さな口が、完全なバランスで配置されている。顎の線はシャープで見事な顔の形を作り出している。

恐らくは一平と同年代の彼女は、もう少し年齢が行けば、頬《ほお》からのラインはもっと完成された美しさを描くはずだ。

だが今はまだ、顔に少女時代のようなあどけなさが残っている。それが一層刺激的に思えた。

前髪は眉を越え、目の上ぎりぎりまで垂《た》れている。白衣に隠されたカラダのラインは、全体に細身《ほそみ》のイメージがあるが、意外なほど豊かな胸がそのブラウスに丸いふくらみを作っていた。

白衣の裾がズルいと思えるほどにタイトなミニで、太ももをわずかに覆《おお》う程度。膝が目立たないまっすぐな脚だった。

動揺を誘われるほどの美しさと、気圧《けお》されるほどの気品に、一平は心ここにあらずの態《てい》だ。

そんな一平の様子には、まるで気づかぬ素振りで、背後に美人看護師は佇んだ。

正直、これほどの美女に挟まれ、うれしい反面、一平は窮《きゅう》した。

いざ病状を説明しようにも、今朝からの鼻の状況をどう説明すればいいのか。

まさか彼女たちの前で、おんなの匂いに酷く悩まされているとは、口が裂けても言えない。かと言って言葉を選び、お茶を濁しながらなんとか状況を判ってもらうのは、骨が折れた。

「感染症の後遺症であることは間違いないわね。そう言えば、キミのような症例を最近読んだ気がするけど……」

言いながら繊細な指先がパソコンのキーボードを叩く。

「あぁ、これこれ。この論文よ。やっぱり記憶違いじゃないみたい。えーと……」

独りごちながら論文を読みはじめる恋菜の横顔を、一平は固唾《かたず》を飲んで見つめた。

知的な彼女の美しさにも魅入られたが、女医と看護師の匂いを無意識のうちに嗅いでいるうちに、またぞろ酔いのようなものが回りだした。

外からの風が常に吹き込んでいても、強い消毒液の匂いが充満していても、二人の美女の得も言われぬいい匂いが、絶えず鼻先をくすぐるのだ。

しかも、どんなに空調が働いていても、窓が開いていればせっかくの冷気が逃げてしまうため、女医と看護師は相当に汗ばんでいるらしい。饐《す》えたような酸性の牝臭が、さらに一平を悩ませる。

もちろん、それは不快な匂いではないが、切なく脳みそが蕩けだし、下腹部のあたりがじーんと痺れていくようだ。

(うわっ。また例の奴がきた。やばいかも……)

あっという間に、頭の中にピンクの靄《もや》が立ち込め、ポンポンと花が咲き乱れる。

バスの中で嗅いだ彼女の匂いほどの強烈さはないものの、二人分を嗅いでいるだけに危うい。

みっともない姿になるのも止《や》むを得ず、口を半開きにして極力鼻腔に空気を通さないよう努めた。

「ふーん。この論文によると、あなたのようなケースは、物凄くレアみたいね……。この研究者が集めたデータでは、確認されたのはわずかに十名にも満たないみたいよ。それも全米でだから凄い確率ね」

やわらかい声で説明してくれる恋菜に集中しようにも、バクバクいっている自分の心臓音が邪魔をする。

「感染症の後遺症であることは間違いないみたい。鼻の奥が焼けるようにツンとしてからそうなったと証言する人が多いようね。あなたの場合はどうかしら？」

尋ねられたことを辛うじて理解した一平は、うんうんと頷《うなず》いて見せた。

「そうです。ワサビが鼻に抜けるような強い刺激が突然起きて、それからこんなことに……」

「そう。やっぱり間違いないわね。恐らく、匂いを感じる受容体が何かの影響で鋭敏になっているのね。でも、それほど敏感になっているのに、嫌な匂いはあまり感じていないとここにあるけど、あなたもそうなの？」

論文を読み進める恋菜のやわらかい声。匂いもさることながら、その声質でも心地よくハートをくすぐられる。お陰で、一平はうっとりと恋菜を見つめるばかりで、ほとんど頭が機能していない。

「ん……？」

心ここにあらずの一平に、恋菜がこちらを振り返り小首を傾《かし》げる。

その可愛らしくも無防備な仕草にハッとして一平は、ようやく我《われ》に返った。

「あっ、いや、あの……」

しどろもどろになった一平の脇に、すっと白い影が近づいた。先ほどまで背後に佇んでいた美人看護師が、その身を屈め一平の耳元にやさしい声を吹き込んでくる。

「鹿野先生は、いやな匂いは感じることはありませんかって……」

途端に、一平はビクンと体を強張《こわば》らせた。

声に驚いたのではない。そのあまりに甘い息に、肉体が反応したのだ。

「あっ！　すみません。驚かせましたか？　耳元でなんて、ごめんなさい」

美人看護師に謝られ、一平は恐縮した。

「いえ。そんな。看護師さん。あ、謝らないでください。ボーッとしていた俺が悪いのですから……。その、声に驚いたわけではなくて、看護師さんの息が物凄く甘く感じられたことに驚いて……」

一平がそう口走ると、美人看護師が頬を赤らめた。

途端に、ふわりと濃厚な淫臭に鼻先をくすぐられた気がした。

「す、すみません。女性に匂いのことなんて」

心を乱し失礼なことを口走った自分に気づき、謝りながらも匂いの源泉を探る。

(間違いない。この看護師さんからエッチな匂いが……)

バスの中で、一平を狂わせたあの悩ましい匂いと同じ類《たぐい》の性的な牝臭。こんなに可愛らしい女性が、そんな匂いを漂わせるなど、とても信じられない。

やはり何かの匂いを性臭と錯覚しているのだと思い至り、一平はあらためて恋菜に向き合った。

「あの、そ、それでこれって、正常に戻るのでしょうか？」

このままでは頭がおかしくなってしまいそうだ。そうでなくても、匂いに感化され性的欲求が高まっている。錯覚にしろ、誤認にしろ、一平がそう感じてしまう以上、肉体的反応が起きてしまうのだ。

「不安な気持ちはわかるけど、そう焦《あせ》らないで。まずはあなたの症状が、この症例と合致するのか見極めないと……」

そう諭《さと》されても、もやもやした性衝動は収まらない。いまや匂いばかりでなく恋菜の美しいビジュアルまでもが、一平を昂《たかぶ》らせる対象になりつつあった。

「それで、嫌な臭いの方はどう？」

「嫌な臭い？　ああ、そう言えば、どうしてでしょうね。これだけ鼻が敏感なのに、不快な匂いはあまり……」

恐る恐る鼻に空気を取り込んでみたが、悪臭はそれほど感じない。

相変わらず消毒液の匂いは感じたが、それは一平にとって嫌な匂いではなかった。

「えーと。消毒液の匂い。アルコールっぽいやつ。他にもクスリっぽい匂いもします。あとは紙とインクの匂い。無機質な鉄っぽい匂いに、あとは人の匂い……」

二人の美女の匂いが一番強く感じるのだが、そこはあえてオブラートに包んで言葉にする。

「ふーん。やっぱり、このレポートの通りなのね。嫌な臭いは、無意識のうちにシャットアウトしているようだと書かれているわ」

論文を和訳しながらスクロールしていく女医の指先が、突然止まった。

何かの一文が、彼女の興味を惹《ひ》きつけたらしい。

次の瞬間、ムワッとした臭気が彼女のカラダから漂いはじめる。

(えっ？　先生からも例の匂い！　うわあぁっ。こいつは強烈だ……！)

予期せぬ匂いに突然襲われ、一平は目の前がクラクラするような感覚を味わった。

世界がぐるぐると回り出し、座っているのさえ辛くなる。それでいて下腹部のあたりが、溶鉱炉に火を入れたようにカーッと熱くなっている。

「先生？」

美貌を赤らめて固まっている恋菜に、一平の隣に立つ看護師が声を掛けた。

その声に恋菜は、我に返ったような表情を見せる。それでもすぐに声は出さずにチラチラと一平を盗み見るような眼を向けながら、しきりに何かを考えている。

その間中、美女医からは、濃厚で悩ましくも淫《みだ》らな匂いが発散されるのだ。

（やばい。このままじゃやばい……。ああ、触りたい。痺れるち×ぽに触りたい！）

ジンジンとさんざめく分身は、もはや吐精寸前にまで追い込まれている。手で軽く揉《も》みしだくだけで、あっけなくイッてしまうだろう。

けれど、まさか二人の美女の視線がある中で、手淫するわけにはいかない。辛うじて残された理性に従い、一平は懸命に口呼吸をはじめた。

まるで陸《おか》に打ち上げられた魚のようだが、それも仕方がない。こうでもしなければ、もっと酷い醜態を二人の美女の前で晒《さら》してしまいそうなのだ。

「ああ、やっぱり、そうなのね……」

ようやく口を開いた恋菜に、一平はドキリとした。いけない匂いに悩乱していることに気づかれたのだと思ったのだ。

事実、恋菜は胸元に右手を回し、下腹部に左手をあてがっている。まるで、裸を見られまいと抗《あらが》うかのように。

「と、とにかく間違いないみたい……。そ、それで、あなたの症例は、とっても特殊で、その……。だから、もしよかったら、私に研究させて欲しいの……。個人的に治験協力をお願いするわ。個人的だから、ここではなく、私のマンションに来てくれないかしら。代わりに、あなたの面倒は私が見てあげるから……」

意味深な申し出に戸惑いながらも、とにかく一平はここを逃げ出したい一心で、申し出を受け入れた。

2

「先生のマンションこれかあ。やっぱ、医者って儲かるんだなあ」

いかにも高級そうなマンションを見上げ、一平は独りごちた。

恋菜が開業する耳鼻科から電車で二駅。五分も歩かない利便性抜群のマンションに、美女医の部屋はあった。

スマホに送られてきた住所を頼りに、迷うことなくここまでたどり着いた。

「にしても先生、どこまでの面倒を見てくれるのだろう？」

無論、今回の症状の件だとは判っている。

けれど、あの時恋菜は、まるで求愛でもするかのような熱い眼差しを自分に向けていた。

ただでさえ、悶々と劣情を持て余しているだけに、あらぬ期待が湧き上がる。

実際《じっさい》、あの後すぐトイレに駆け込み、恋菜のその眼差しをおかずに夥《おびただ》しい白濁《はくだく》を吐き出させた。

「万が一、恋菜先生が下半身の面倒も見てくれるなんて言い出したらどうしよう」

心臓をざわめかせながら一平は、エントランスに備え付けられたインターフォンを鳴らした。

どうするも何も、一も二もなく恋菜にむしゃぶり付くに決まっている。

とは言え、清楚さと理知的な印象を強く漂わせる女医に限って、一平が期待するような展開を許すはずもないだろう。

「はい」

昼間聞いたと同じ、やわらかい声質に心臓がドキリとした。

「あ、あの。川村一平です。先生にここに来るように言われた」

いらぬ言葉を連ねるほど緊張している。

「ええ。待っていたわ。上がってきて頂戴《ちょうだい》」

インターフォンが切れると同時に、ガラスのドアが開く。高級マンションだけあってセキュリティは万全らしく、一平の動きを防犯カメラが撮影している。

教えられた階にまでエレベーターで上がると、そこに思いがけぬ人物が待ち受けていた。

「一平くん、いらっしゃい。お待ちしていました」

「あっ。か、看護師さん！」

昼間、一平の脇で甲斐甲斐しく働いていた美人看護師が、やわらかい微笑を浮かべ出迎えてくれたのだ。

「もう病院ではないのだから看護師さんじゃなく、純玲《すみれ》って呼んで。三住《みすみ》純玲というの。うふふ。私も先生のお手伝いをすることになったから、よろしく」

病院の時とは違い、なんとも打《と》ち解けた明るい表情。そうは言いながらも純玲は、ここでも白衣を纏《まと》っている。けれど、それでも仕事場から離れているせいなのか、大人びていた雰囲気は消えて、若々しい華《はな》やかさが発散されていた。

「あっ、こ、こちらこそよろしくお願いします」

「あん。キミとは、ほぼ同年代だから、お互いに敬語はなし。うふふ。少しだけ私の方がお姉さんだけどね」

本当はこういうお姉さんキャラなんだと思わせるサバサバとした雰囲気の純玲。病院にいる時とのギャップが、さらに一平をドキドキさせる。

「じゃあ、よろしく。す、純玲さん」

「うふふ。まだ〝さん〟が付いちゃうのね。まあ、いいか……。それよりもほら、恋菜先生がお待ちよ」

コケティッシュな美貌がキュートに微笑むと、次の瞬間にはくるりと身を翻《ひるがえ》し、一平を案内するように廊下を進んでいく。

視線に飛び込んできたのは、白衣からニョキッと突き出したような美脚だ。それもマーメイドを連想させる生足なのだ。

純玲の優雅な歩みに合わせ、充実したふくらはぎが、きゅっと蠢《うごめ》く。

ふわりと後方に漂ってくる甘い体臭も、一平をざわめかせる。

実は、一平は鼻の中に丸めたティッシュを詰め込んでいる。多少息苦しいものの、電車に乗るには、今朝のバスのような二の舞を防ぎたいと、一計を案じたのだ。

そうまでしていても純玲から漂う甘い匂いが、一平の鼻腔をたまらなくくすぐる。

恐らく、彼女の髪の匂い。清潔なシャンプーの匂いと薔薇系《ばらけい》のフローラルの香り。

彼女が好んで用いるリンスの匂いだろうか。仄《ほの》かに消毒薬の匂いも入り混じるのは、
仕事柄、染みついたものなのかもしれない。

「ここが恋菜先生のお部屋よ。これから何度か通うことになると思うから覚えておいてね」

同じようなドアの前を三つほど通過してから純玲がこちらを振り返る。

ショートカットの髪がやわらかく揺れ、いい匂いがまたしても鼻腔をくすぐった。

「先生。一平くんが、到着しましたぁー」

ドアを開けるやいなや、純玲が部屋の奥に声を掛ける。

「はーい」

すぐに純玲の声に返事をしながら奥から恋菜が現れた。

「こんばんは。一平くん、よく来てくれたわね。さあさあ、遠慮せずに上がって」

やわらかい笑みで出迎えてくれる恋菜。途端に一平の心臓がキュンと跳《は》ねた。

（あぁっ……。恋菜先生、やっぱりお美しい。清楚なのに、色気も感じさせるなんて！　こんなのアリか？）

純玲同様、白衣姿の恋菜なのだが、自宅のマンションとは場違いな雰囲気に、妙なエロスを感じた。

「もう、一平くんったら、そんなに恋菜先生に見惚《みと》れてばかりいないで。ほら、早く上がって」

純玲に促《うなが》され、ようやく自分が陶然《とうぜん》としてその場に立ち尽くしていることに気がつく始末。慌《あわ》てて靴を脱ぎ、玄関から移動した。

「適当に座っていてね。すぐに食事の用意ができるから」

一平をリビングに先導した恋菜は、そのままキッチンへと向かう。

清潔な対面キッチンでは、コトコトと煮込む鍋のいい匂いがしている。

(ああ、カレーのいい匂い……!)

白衣で料理をしている姿は、何かの実験をしているようにも見えぬでもない。

「純玲さん、食器をセットしてくれる。お皿とかを適当に……」

一平の後からリビングに入ってきた純玲に、恋菜が指示をする。

「は〜い」と返事をする純玲の口調は、気心の知れた相手へのそれに聞こえる。

純玲は「先生のお手伝い」と言っていたが、病院での人間関係がそのままここに持ち込まれている訳ではないのかもしれない。

その白衣姿でテキパキと立ち働く恋菜と純玲を交互に眺めながら、ぼーっと一平はその場に立ち尽くした。

「あら。一平くん。座ったら？　そんなに熱い視線で恋菜先生ばかり見ていないで……。もう、先生の美しさにメロメロって感じね」

クスクスと笑いながら茶化してくる純玲。恋菜は心持ち頬を赤らめながら、鍋にスパイスを投入する。

クミンに、コリアンダー、シナモン、ナツメグ、ターメリック、カルダモン、レッドペッパー、その一つ一つは判らなくとも匂いの違いだけは理解できる。

(名前と匂いが一致するのはシナモンくらいかな。もうひとつ、どっかで嗅いだ匂いがするけれど……)

いずれにしてもそのスパイシーな香りたちが混然一体となって一平の食欲をそそっている。

「ごめんね。一平くん。急だったからカレーくらいしか用意できなくて」

謝る恋菜に、慌てて首を左右に振った。

「いえ、いえ、そんな。手料理をご馳走してもらえるだけで光栄です。それに俺、カレーは大好物です」

フォローする一平に、恋菜が嬉しそうに微笑んでくれた。

「うふふ。一平くん、期待していいわよ。恋菜先生のカレーは、びっくりするほど美味《おい》しいから。市販のルーなんて使わない本格的なカレーなのよ」

食器やスプーンを並べながら誇らしげに純玲が請《う》け合ってくれる。

「あん。純玲さんったら、そんなにハードルあげないでよ」

テーブルの椅子の一つに席を占めた一平の目の前に、サラダが置かれ、コップに水が注《そそ》がれる。助手である純玲も相当に手際《てぎわ》がいい。

ライスを盛ったお皿が、置かれると同時に、恋菜がカレールーを盛りつけた皿を運んできた。

「ビールでも飲みたいところだけど、今は我慢してね。アルコールは鼻を鈍らせるから。それは後でのお楽しみにしましょう」

恋菜と純玲も席につき、コップの水で喉《のど》を湿している。

「じゃあ。頂きましょう」

恋菜のその言葉を合図に、一平は「いただきま～す！」と殊更《ことさら》大きな声で挨拶してスプーンを握りしめた。

美味しそうなカレーの匂いに、グーグーと腹が鳴っている。

ライスとルーが別盛の上品なカレーに、一瞬、戸惑いはしたものの、スプーンで掬《すく》ったライスをカレーに浸してから口腔に運んだ。

刹那《せつな》に、複雑なスパイスのハーモニーが口いっぱいに広がる。まずはパンチの効いた辛さがきて、すぐにコクと酸味、絶妙な塩分が、怒涛の如く追いかけてくる。最後にまろやかな甘みが全てをまとめて美味《うま》いと感じさせるのだ。

その甘みの正体は、蜂蜜、りんご、バナナが溶けたものだろう。

鼻を抜ける香ばしい匂いと酸味、辛み、甘みが混然一体となり、一平を忘我の淵へと導いた。

「むふっ！」

舌と鼻、さらには胃までが、次のひと匙《さじ》を口に入れろと訴え、立て続けに二口目を放り込む。

一平くらいの若い男でカレーが嫌いな奴など見たことがない。けれど、これほど美味いカレーに出会える奴も少ないだろう。

しかも、これほどの恍惚感《こうこつかん》を味わうなど、思ってもみなかった。それほど恋菜のカレーは絶品なのだ。

「ほぉおっ！　う、美味いです！　恋菜先生のカレー、最高です！」

脇に添《そ》えられたヨーグルトドリンクで口の中をリセットすると、またすぐにカレーを口に入れたくなる。

「そうでしょう。本当に、先生のカレーを食べると、他所《よそ》では食べられなくなっちゃう。しかもカレーだけじゃないのよ。どの料理もプロ並みに最高なのだから、困っちゃうわ！」

「あら、純玲さんの料理だって美味しいのよ。今度、ご馳走してもらうといいわ」

口いっぱいに頬張る一平を、恋菜と純玲がやさしい笑顔で見つめている。

「でも、一平くんの食べっぷり、見ていて気持ちがいいくらい……。うふふ。やっぱり若いのね……」

上品に笑う恋菜に、ようやく一平は食べる手を止めた。

「若いなんて、そんな年寄みたいに。恋菜先生だって若いでしょう？」

どうみても二十代前半にしか見えない恋菜ではあったが、その物腰や落ち着いた雰囲気から、もしかして三十代かもと想像している。もしそうなら確かに、一平より十歳以上年上に違いないが、それでもやはり恋菜は若々しい。

真顔でそう言う一平に、ぷっと恋菜が吹き出した。

隣で純玲もクスクスと笑っている。

「あれっ。そこ笑うところですか？　俺、何かおかしなこと言いました？」

本気で恋菜の心の内が読めずに、一平は困惑の表情を浮かべた。

「もう。一平くんったら、いやだわ……。私のことをいくつだと思っているの？　今年、三十よ。一平くんくらいの男の子たちなら、おばさん扱《あつか》いするでしょう？」

確かに三十歳であるのなら美熟女《びじゅくじょ》と呼ばれてもいいかもしれない。だが目の前の恋菜のルックスは、微熟女と呼ぶのがふさわしいだろう。

「そんなことありません。こんなに若くて綺麗な先生をおばさん扱いなんて絶対に！」

ムキになって否定したのは、恋菜に子ども扱いされたくないからだ。現実の歳の差は埋まらなくとも、いくつ年上でも、彼女には男として見られたい思いが芽生えている。

「うふふ。よっぽど一平くんは、恋菜先生にご執心《しゅうしん》なのね。先生も、こんなにはっきり言ってもらえてうれしいんじゃないですか……？」

純玲に茶化され、一平は純情少年よろしく一気に頬を赤らめた。驚いたのは、その一平に負けず劣らず恋菜も頬を上気させていることだ。

途端に、美女医からふわりと甘い香りが匂いたち、一平をうっとりとさせた。

匂いの強い香辛料に嗅覚を邪魔されていても、鼻の奥にティッシュ玉が詰め込まれていようとも、濃厚な色香がそのまま匂いになったような薫香が、容易《たやす》く一平を懊悩《おうのう》させた。

（ああ、恋菜さん、ものすごく色っぽい匂い……）

今の今までがっつくように食べていたカレーへの食欲が霧消して、たまらない性欲にすり替わっている。

「ごめん、ごめん一平くん。照れてしまった？　顔が真っ赤よ……」

一平の様子がおかしいことに気づいた純玲が、おどけた口調で謝ってくる。

「い、いや。これは、つまり……」

一平は、何と言い繕《つくろ》えばいいのか判らなくなり、しどろもどろになった。まさか恋菜の匂いに逆上《のぼ》せたとは、口が裂けても言えない。

「一平くん、も、もしかして私、無意識のうちに匂いを発散させている？　それが判《わか》ってしまったとか……？」

ますます美貌を赤くさせて恋菜が尋ねた。

「えっ？」

あまりに見事に言い当てられ、ますます一平は答えに窮した。

動揺を隠せずにいる一平の様子に、恋菜と純玲が互いの顔を見合わせた。

3

「やっぱりそうなのね……」

問い詰めるというよりも、学術的な探求のためといった口調の恋菜に、一平はやむなく首を縦に振った。

不可抗力とはいえ、恋菜の匂いを嗅いでいたことがばれてしまい、彼女に軽蔑《けいべつ》されるのではと気が気ではない。

純玲からも、嫌悪される可能性は高いように思える。故意にではないにせよ、彼女の匂いにも、密かにうっとりしていたのは事実だからだ。

「あの。すみません。意図的にじゃないのです。自然と判ってしまって。特に、女性の匂いとかは……。鼻に入ってきた瞬間、頭が分析してしまう感じで……」

最初のうちは、何かの匂いを誤認しているのではと思っていたが、徐々に、その匂いの変化まで嗅ぎ分けられるようになり、「もしや……」との想いを抱くようになっていた。

「信じられない。本当に、そんなことが……。実はね。あの論文には、ある種のフェロモンとかも嗅ぎ分けることができている可能性があると報告されていたの」

恋菜の説明に、一平は内心で「やっぱり！」と確信した。正直、一平自身、そうかもしれないと思う反面、あまりに非現実的過ぎて、自分の頭がおかしくなっているのではと疑ってもいた。

昆虫や動物がフェロモンを分泌することは知られていても、人間の男女が分泌するフェロモンについては、未だ科学的に証明されていない。

それだけに自分の嗅覚が、人間の牝フェロモンを嗅ぎ分けているとの確信を持てずにいたのだ。

「そ、それじゃあ、やっぱり俺が嗅いでいたのは、女性が発しているフェロモンなのですね？　だから、こんなに心臓がドキドキしたり、悩ましいエロい気分になったりするんだ！」

ただでさえ持て余している性欲が、これほど増幅してしまう理由が判り、ホッとした。まるで色情狂にでもなったかの如く、狂おしく発情しているため少なからず怖くなっていたのだ。

それもこれも女性たちが発している牝フェロモンに触発されてのことと判っただけ

でも安心できた。

「あん。一平くん、待って。そう結論を急がないで欲しいの。論文ではその可能性に言及しているだけで……。それが確かだとしても、本当に一平くんにも当てはまるのかどうか。まずは一平くんが、どこまで正確に嗅ぎ分けているのかを確認しないと……。それを明らかにするための治験よ」

慌てたように水を差す恋菜に、一平は首を捻《ひね》りながらも思い直した。自分では既に確信しているが、恋菜と純玲にも信じてもらえなくては話が先に進まない。

とにもかくにも、この嗅覚の異常を治せるのは、この二人しかいないと思うからだ。

「その確認って、どうやってするのです？」

そう訊《き》いてから一平は、目の前のコップを口に運んだ。

冷たい水が喉を潤《うるお》し、同時に頭をクールダウンしてくれる。

「そうね。じゃあ、いま一平くんが食べていたカレーだけど、その中に含まれていた香辛料を嗅ぎ分けることはできる？」

なるほど、その恋菜の質問で、今晩のメニューが伊達《だて》にカレーであった訳ではないことに気づいた。

「うーん。判るには判りますが、香辛料に詳しくないので、名前と匂いが一致しません。でも、香辛料は、七種類ですね。名前が判るのはシナモンだけかな……。コクはバターで付けられていて、甘みは、蜂蜜、リンゴ、バナナ。隠し味にウスターソース。でも、それは味覚でも判断できるから……」

言いながら一平は、自分の舌も感覚が鋭くなっていることに気がついた。

「リンゴやバナナも判りましたけど、こっちも舌が感じたものかも……。でも、こんなに俺の味覚って鋭かったかなあ」

首を捻る一平に、純玲が応じた。

「味を感じるのは、味蕾《みらい》もあるけど、嗅覚が左右することもあるから……。例えば、匂いに連想された食材を舌が確認作業をしているのかも……」

言いながら純玲は、恋菜に顔を向ける。すると、恋菜がこくりと小さく頷いて、純玲の言葉を引き取った。

「うん。嗅覚に補われて味蕾が活性化していることも考えられるわね。いずれにしても全部正解。私のレシピが全て言葉で再現されたわ」

驚きの表情ながら恋菜の瞳には知的好奇心が宿っている。

「それと、この部屋に漂っている匂いって、芳香剤じゃないですよね。ああ、匂いの元は、あそこか……」

一平が指で示した先には、アンティークの棚が一つ。その上で小さな灯《ひ》が揺らめくにつれ匂いがふわりとたなびいている。

それがアロマポットと呼ばれるモノだとは知らないが、間違いなくそれが匂いの源泉だとは判る。

「ラベンダーの匂いかなあ。柔軟剤か何かで嗅いだ匂いと似ている……。少しハッカみたいな匂いも混じっている。あと柑橘系の何かと、ジャスミンかな。前にジャスミンティを呑んだのと同じ匂いがするから」

「凄い！　ウチではアロマオイルをブレンドして使っているの。ラベンダーで間違いないわ。ハッカはペパーミントね。柑橘系はベルガモットで、確かにジャスミンも使っている」

驚きの表情で恋菜と純玲が見つめてくれる。まるで手品でも見ているような顔が、一平には妙に嬉しい。

「もしかして私たちの匂いとかも、嗅ぎ分けられたりできる？」

そう尋ねたのは純玲。もちろんと頷いて見せる一平に、ひそひそと何事かを恋菜に耳打ちしてからまた口を開いた。

「じゃあ、ちょっとだけ眼を瞑《つむ》っていて」

指示通りに眼を瞑ると、すぐに「はい。いいわよ」と声が掛かる。

目を開けると、テーブルの中央に一枚の白いハンカチが置かれていた。

それを指さし「そのハンカチがどちらの持ち物か判る？」と純玲が訊いてくる。

白いコットン生地を手に取るまでもない。

「このままでも判るけど、念のために手に取って嗅がせてもらってもいいですか？」

確かめると、二人の美女が一斉に首を縦に振った。

許しを得た一平はハンカチを手に取ると、そっと鼻に近づける。

性的な匂いがほとんどしない代わりに、清潔な印象が先に立つ。洗濯洗剤と柔軟剤の香りが強いせいだろう。柔軟剤とは別の類の甘い匂いは、持ち主の独特の体臭が移ったもの。さらには少しだけ酸性の饐えた匂いもしている。

恐らく、額を拭《ぬぐ》ったのだろう。酸性の匂いの正体は汗の匂いだ。

体臭もその時に、移されたものだろう。甘く、切なく、やさしい香り。

「これは、恋菜先生の持ち物ですね。少しだけこの部屋と似た匂いがします。それに、本当にわずかだけれどこのカレーと同じスパイスの匂いも」

一平の解析に、二人の美女が驚きとも感嘆とも取れる表情を浮かべる。

一平からハンカチを受け取った恋菜が、首を傾げながらその匂いを嗅ぎはじめる。

そこに純玲までが顔を近づけて匂いを嗅いだ。

「どうして判るの？　私には柔軟剤の匂いしかしない」

「先生の匂いどころか、スパイスの匂いだって感じないわ」

首を傾げる純玲に、恋菜も頷いて見せる。

「じゃあ、もっと無機質なものはどうかしら。今度は手で顔を覆って、私たちに背中を向けてくれる？」

学術的探究心のより強い恋菜が、そう指示をする。

なるほど薄目を開けるなどのズルやトリックを排除したいのだろう。

言われた通りに一平は手で顔を覆い、さらに目を瞑り、二人に背中を向ける。

「いいわよ。こっちを向いて」

恋菜の声を機に、体を元に戻し、顔を覆っていた手も元の位置に戻す。

先ほどハンカチの置かれていた位置には、一台のスマホが置かれている。

なるほど、スマホは表面がつるつるして匂いがつきにくい印象がある。

苦笑を浮かべながら一平が、「今度はこれ？」と指をさすと、純玲がこくりと頷いた。

恋菜は、好奇に目を輝かせ、じっとこちらを見つめている。

「ちょっと手に取りますね？」

今回も嗅ぐまでもなく判っている。無機質であろうと何であろうと、いまの一平の嗅覚なら犬にだって勝てそうだ。

スマホの画面に鼻を近づけ、息を大きく吸いつける。

「うん。これも恋菜先生のモノですね」

ほぼ瞬殺に近い回答に、二人が目を丸くする。

「どうして判っちゃうの？　このスマホにはガラスコーティングがされているのよ。フィルムよりももっと匂いなんてつかないはずなのに」

恋菜の種明かしに、なるほどガラスの匂いとはこんななのだと納得がいった。

通常の嗅覚であれば、ガラスの匂いなど感じないため、その匂いに記憶がないのは当たり前なのだ。

「どうしてって、やっぱり恋菜先生の匂いが沁みついているからとしか……」

一平の言葉に恋菜がほんのり頬を染めた。

「それはどんな匂い？」

尋ねられ一平は、先ほどから頭に浮かべている例えを一つ一つ口にした。

「じゃあ、私はどんな匂い？」

言いながら純玲が、一平の隣に席を移し、おずおずと腕を伸ばしてくる。

匂いを嗅いでいいと、許してくれている。

「いいの？　嗅がせてくれるの？」

鼻を近づけなくとも、十分に純玲の匂いは感じられる。けれど、より鼻を近づけて念入りに嗅がせてもらえるのは、ご褒美のようで嬉しすぎる。

「ちょっと恥ずかしいけど、恋菜先生の助手として……」

自ら実験台になると言いたいのだろう。

許しを得た一平は、嬉々として純玲の腕に鼻を近づけた。

「薔薇の匂いを基調とした香り、さっきはリンスの匂いかと思ったけど違うみたい。ジャスミン、オレンジ、カモミールなんかの匂いをエチルアルコールに溶かしたような匂いがする。これって香水の匂いでしょう？」

思いつくまま匂いの元を声にする。けれど、本当はそればかりではない。魔法のように豊潤《ほうじゅん》な匂いの向こう側に、純玲の肉体から染み出した芳香が匂うのだ。

乳香にも似た甘い匂い。皮脂の匂いがそれなのかもしれない。純粋無垢《むく》な花を連想させる香りは、けれど一平には何の花であったか思い出せない。アーモンドを思わせる匂いも頭に浮かんだ。

「あれ？」

夢中で匂いを嗅ぐうちに、少しずつ彼女の匂いが変化していくことに気がついた。

「ふーん。匂いって、わずかな間にも変わるものなのですね」

感心する一平に、恋菜が好奇の声を挟む。

「変化って、どんな風に？」

「うん。少し汗ばんだのかな、わずかに饐えたような酸性の匂いが……。えっ？　あっ！　あぁぁっ、ウソだっ!!　す、純玲さんからエッチな匂いが！」

ふいに、例の牝臭が純玲の皮下から立ち昇り、あっと思う間もなく一平を惑わせる。濃厚な甘ったるい匂いに、酸性の獣臭、さらには潮風に吹かれているような香りが、一平の理性を一気に崩壊させた。

「どうしたの？　一平くん、エッチな匂いってなに？」

恋菜の質問も耳に入ってこないまま、一平は鼻先を純玲の腕から二の腕に、さらには腋の下へと近づける。

「こ、ここから、純玲さんの腋の下から、俺を狂わせるエッチな匂いが次々と、ああ、どんどん匂いが濃くなっていく！」

嗅ぎ当てられた恥ずかしさが引き金となったのか、純玲の牝臭はその純度をますます上げていく。にもかかわらず純玲自身は、腋下を嗅ぎまわる一平の好きにさせてくれるのだ。

「一説には、フェロモンは、腋の下から分泌されると言うけれど、もしかして一平くんは本当にそれを嗅いでいるのかしら……」

思い当たる節を、そのまま恋菜が口にした。お陰で、さらに純玲のフェロモン臭が強くなる。

羞恥《しゅうち》に反応したのか、はたまた純玲の興奮によるものか、原因は判然としない。けれど、美人看護師が牝臭を発しているのは確かだ。それも、まるで一平を誘うように、さらにその濃度が増していく。

ほんのり甘かった匂いが、甘ったるい濃さを感じさせるまでに変化するのだ。さらには、酸性の度合いも高くなっている。

「麝香《じゃこう》の匂いにも似てるけど、もっとこう官能的な感じで、ち×ぽを匂いにくすぐられているような……」

理性がほぼ溶解しているため、その表現もオブラートに包むことなく直截《ちょくせつ》なものにしかならない。その言葉に、さらに刺激されたのだろう。純玲の牝臭は、さらに濃くなる。

しかも、先ほどまでは腋の下に集中していた匂いが、純玲のカラダのいたるところから漂うようになっている。まるで全身で、一平を誘うように。

「ああ、これが純玲さんの牝フェロモン……。なんて悩ましい匂い。俺、もう堪《たま》らないよ」

居ても立ってもいられなくなり、一平は鼻を蠢かし、純玲のカラダのあちこちを嗅ぎまわる。

髪の匂い、首筋の匂い、耳の後ろあたりにも鼻を近づけ、わずかな匂いの違いを嗅いでいく。

鼻先が肌にわずかに触れると、純玲がビクンと女体を震わせる。荒い鼻息を吹きかけると、「あんっ！」と、悩ましい声が朱唇から漏れ出した。

4

「いいわよ。一平くん。おっぱいのあたりも嗅いでみたいのでしょう？　その代わり匂いの違いをちゃんと先生に教えてあげて」

大胆にも許してくれる純玲に、嬉々として一平は椅子から腰を持ち上げ、中腰になって鼻先を豊かな膨らみに運んだ。

「あん。ちょっとだけ待って。もっと嗅ぎやすいようにしてあげるから……」

そう言うと純玲は、おもむろに白衣のボタンを外しはじめた。

「えっ。あっ！　うわあああ……っ!!」

ボタンを外し終えたしなやかな指が、白衣の前を開帳すると、思いがけない光景が広がった。

白衣の下から、ほとんど裸と見紛《みまが》うほど小さな銀色のビキニを着けた悩ましい女体が現れたのだ。

「す、純玲さぁん！」

デコルテのあたりはスリムなのに下の方が豊満な丸い乳房を、申し訳程度に覆う三角の布。下腹部のシルバーの布も際どいローライズでデルタ地帯を隠している。しどけなく開かれた白衣とビキニとのあり得ない取り合わせが、やけにエロティックに映る。

「うふふ。どう？　ちょっとエッチだけど、その分、喜んでもらえたみたいね。素肌を嗅いでもらうために、用意していたのよ」

「はい。すごく悦《よろこ》んでます！　す、純玲さんのおっぱいが凄いから……。い、いいのですよね。匂いを嗅いでも？」

「どうぞ……。恥ずかしいけど、そのためのビキニだから……」

嗅ぎやすいように、純玲が胸元をグイッと前に突き出してくれる。

銀色の布から今にもはみ出しそうな乳房に、裾野の方から顔を近づけ、クーンと鼻が鳴りそうなほど大きく息を吸い込んだ。

「甘酸っぱい匂いがします。もっと乳臭いのかと思ったけど、そんなことなくて、でもヴァニラっぽい感じも……。ああ、だけど、ここからもエッチな匂いが……。うおっ！　裾野より、谷間の方がヤバいかも!!」

「ヤバいって、どうヤバいの？」

問い詰める恋菜に、一平は懸命に言葉を探す。頭の中にピンクの靄《もや》が立ち込めているから、ぴったり嵌《はま》る言葉が見つかりにくい。

「そういう匂いがします。性的な匂いと言うか、牡を誘うような匂い。腋の下よりもこっちの方が強いかも……。この匂いを嗅いでいるともうセックスのことしか頭になくなって……」

「それ〝牝の匂い〟よね？　私、おっぱいの谷間からそんな匂いさせているの？」

さすがの純玲も、羞恥に声を震わせている。にもかかわらず、さらに牝臭は濃くなる一方で、一平を悩乱させている。

最早、鼻の中の紙玉など何の役にも立たず、一平の頭の中は漲《みなぎ》る性欲に塗《ぬ》りつぶされている。

酔いが回ったように両脚に力が入らなくなり、ついにはその場にへたり込んでしまった。

「んふぅ、ん、ふ、あ、あぁっ！」

途端に、一平の顔をまともに強い臭気が襲った。頭の位置が、純玲の下腹部に近づいたせいであろう。乳房の谷間など問題にならないほど濃厚な牝フェロモンが、その辺りの空気を支配している。

あっという間に酩酊《めいてい》状態のようにまで追い込まれる一方で、発情ボルテージはマックスまで上がっている。

それもそのはず、一平はまともに純玲の牝臭を顔面に浴びているのだ。

「一平くん、大丈夫？」

心配する純玲と恋菜を尻目に、無意識に一平はなおも鼻だけを蠢《うごめ》かしている。

「だ、ダメです。俺、もう堪りません。純玲さんのエッチすぎる匂い……。あぁ、だってこれ純玲さんのおま×こからですよね。牝臭の純度が高すぎて、もう俺！」

すっかり見境いをなくし、悩ましい匂いを発する純玲の下腹部に鼻先を至近距離にまで近づける。

「あぁん、一平くん、いくらなんでもそこはダメよ。おま×こからの匂いなんてそんなのダメぇ！」

さすがの純玲もビキニパンツの前で両掌を重ね合わせ、一平の鼻から股間を守ろうとしている。

「だって、ここからが一番、濃厚なフェロモンが漏れ出していますよ。それも次々に溢《あふ》れるように……。もしかして純玲さん、俺に嗅がれて興奮しているのですか？　甘酸っぱい匂いがさらに！　ぶわあぁ、目に沁みるようです！」

「ああん言わないで。私のスケベな本性を嗅がれてしまっているみたいで、恥ずかし過ぎる……。ああ、でも一平くんの言う通りです。先生、私、興奮しています。あそこがどうしようもなく濡れています……。だから、いやらしい匂いを」

助手として恋菜に状況を正しく伝えなくてはならないと自覚するからこそ、恥ずかしい濡れを報告したのだろう。けれど、いくら学術的な報告であっても、恥ずかしいものは恥ずかしい。その羞恥する想いが、さらに純玲を興奮させるようで、一平を惑溺させる匂いをさらに強めている。

「で、でも……私だけじゃありません。一平くんも、いやらしい匂いを……。私のフェロモンに反応してなのかしら、一平くんからも悩ましい匂いがしています」

気がつけば、純玲がじっとりと潤《うる》ませた瞳でこちらを熱く見つめている。しかも、その悩ましい瞳は、一平の下腹部に張り付いていた。

「一平くん。確認させてもらっていい？　医師として、本当に一平くんが牡フェロモンを発生させているのか確かめたいの」

成り行きをずっと見守っていた恋菜が、ゆっくりと一平に近づきながらその許可を求めた。

「お、俺の匂いを恋菜先生がですか？　か、構いませんけど……」

恐らく普通の状態であれば、恋菜ほどの美女に匂いを嗅がれるなど躊躇《ためら》われたはず。けれど、すっかり発情しきった頭では、むしろ嗅いで欲しいと願っている。

「ごめんね。一平くん。嗅がせてね」

接近した恋菜が、まずは一平の首筋に鼻を近づけ、次に腋の下にも近づける。

「私にも嗅がせてください！」

言いながら純玲までもが一平に鼻を近づけてくる。

「うん。男の子の匂いがするわ。ちょっぴり汗臭いけど嫌な匂いじゃない……。ねえ、下腹部も嗅いじゃうからね」

言いながら純玲と恋菜の頭が、へたり込んでいる一平の股間に運ばれた。

すでに一平の分身は、すっかりいきり勃《た》っていて痛いほどに疼いている。

そこに顔を近づける二人の美女は、まるで一平の肉勃起《ぼっき》を舐《な》めしゃぶろうとするかのようだ。

（ああ、このままふたりに舐めて欲しい。どんなに気持ちがいいだろう……。もしその願いが叶《かな》うなら、例えそれで命が尽きたとしてもかまわないよ……！）

そんな淫らな妄想が、肉棒を余計に昂らせ、やるせなく疼かせる。

ドクンと多量の先走り汁を迸《ほとばし》らせ、パンツを汚した。

「ああ、本当に……。一平くんのエッチな匂い！　けれど、新陳代謝の激しい若い男の子ならこの程度の匂いは……。でも、純玲さんのフェロモンを浴びて、発情したことに違いはなさそうね。可哀そうなくらいに、ここを強張らせて」

恋菜の憐れむような声に、純玲が頷く。

「とっても濃い男の子の匂い……。私のいやらしい匂いがこうさせたのね。だとしたら、先生、私に責任がありますよね？　私が一平くんをラクにしてあげなくちゃ、ダメですよね？」

もしそうだと恋菜が認めたら純玲はどうするつもりだろう。

（ああ、恋菜先生、お願いだから純玲さんの責任だと言ってください！）

そう願わずにいられない一平を他所《よそ》に、虚《むな》しく恋菜は首を横に振った。

「いいえ。そうじゃないわ。これはきっと私の責任。医学的な興味を言い訳に、私がこんなふしだらなことを許したから……。ごめんなさいね、一平くん。私が、責任を取ります」

言いながら恋菜の手指が、一平の下腹部に及んだ。

ズボンの前を大きく膨らます肉塊のその容《かたち》を確かめるように掌で覆うと、繊細な指使いでやさしく揉んでくれるのだ。

5

「えっ？　うわあぁ！　れ、恋菜先生っ！」

刹那に走る淫靡な電流に縛られ、一平は体を硬直させた。

驚いたことに恋菜も、その傅《かしず》く女体から甘い牝臭を立ち昇らせている。

「おほぉっ！　れ、恋菜先生からも、いやらしい匂いが……！」

知的で清楚な印象の恋菜からは、想像もつかないほど淫らな香り。咄嗟に頭に浮かんだのは月下美人の花だった。

優雅で心地よい香りの花が、実家のベランダで咲いた時のことを想い出したのだ。

ただし、その花よりもねっとりとして、艶《なま》めいた潮の香りを加えた感じだ。

むろん、嫌な匂いではなく、強く一平を惹きつけて止まない。

(っていうか匂いすご……っ！　この強烈な発情臭、湯気で目の前が見えないってレベルの濃さじゃね？　こ、これが熟《う》れたおんなの牝フェロモンってこと？)

純玲の発情臭が甘ったるいマンゴーであれば、恋菜の牝臭は熟れたパパイヤといったところか。もっと複雑で奥行きの深さがあるものの、それくらい明確な違いがある。

しかも、恋菜の牝フェロモンは、一平の嗅覚を刺激するばかりでなく、毛穴のあちこちにまで入り込んでくるような独特のまとわりつきがあるのだ。

(た、堪らない。牝が熟れてくると、フェロモンまで熟れたようになるものなのだろうか？)

熟女の魅力とは、こういうものと見せつけられているかのよう。それも普段はそんな淫らさなどおくびにも出さず、凛《りん》と澄ましている美女医だけに、その官能味は堪らない。

「ぐふううぅ……。恋菜せん・せいぃぃいっ！」

ジーンズごと亀頭部を掌に擦《こす》りつけては、細い指で皺袋をやさしく揉み込んでくる恋菜。しかも、そのたおやかな胸のふくらみを一平の腕に押し付け、その凄まじいやわらかさまで堪能させてくれている。

知的美女が隠し持っていた手練手管に、一平は身も世もなく蕩けていく。

「あん。恋菜先生だけが悪いわけではありません。私が、純玲のふしだらさが、一平くんを惑わせてしまったのですから」

まるで恋菜に嫉妬するかのように、負けじと純玲も一平の下腹部に取りついてくる。恋菜とは反対側から肉棒に掌をあてがい、さらにはその瑞々《みずみず》しくも弾力性《だんりょくせい》たっぷりの乳房を恋菜同様に押し付けてくるのだ。

「うおっ！　す、純玲さんまで！　ぐわあああぁっ！」

大胆さの目立つ純玲はいざ知らず、清廉《せいれん》であり、知的で真面目な印象を持っていた恋菜までが、淫らな悪戯を仕掛けてくる。

恐らくは、封じ込めていた牝の本性を嗅ぎ取られたとの自覚が、理性のタガを外させているのだろう。

「一平くん。恋菜の手淫はどう？　いっぱい気持ちよくなって構わないからね」

「純玲の手もいっぱい味わって……。ああ、一平くんの太くて硬いおち×ちん、とっても素敵よ！」

　ふっくらとやわらかい二本の手指に肉棒を挟まれる快美感。女医と看護師に局部を押しくら饅頭されて、一平は夢見心地に蕩けていく。

　ポンポンと頭の中に花が咲き乱れ、圧倒的な快感が射精衝動を呼び起こす。

「や、ヤバイです。二人とも気持ちよすぎて俺、このままだと射精《で》ちゃいます！」

　情けなく呻《うめ》く一平に、恋菜の掌が力を緩《ゆる》めた。

「射精《だ》すのは構わないけれど、それじゃあパンツの中が気持ち悪くなってしまうでしょう？　一平くんが帰るときに困るわよね」

「そっか……。じゃあ、恋菜先生、このまま一平くんを脱がせちゃいましょうか。そしたらパンツを汚さずに済むでしょう？」

　言いながら純玲がジーンズのベルトを外しにかかる。恋菜も小さく頷くと、ジーンズのファスナーを手早く引き下げてしまった。

「えっ？　おわあああぁ！」

　まさか下腹部を剝《む》かれると思っていなかった一平だが、あっという間にくつろげられたかと思うと、パンツごと一気に引き下げられてしまった。

「ああ……すごいわ。こんなに反《そ》り返って……」

ぶるんと空気を震わせて飛び出した肉棒。ごつごつと血管を浮かせた剛直を目の当《ま》たりにして、美女医がこくんと喉を鳴らす。

「うそっ！　想像していた以上に一平くんの大きい!!　ふふ……エッチな眺め」

優しい美人看護師が、大きく眼を見開いて、唇をOの字に開かせている。

その黒目を拡大したら、勃起肉《ぼっきにく》が映り込んでいるはずだ。チロッと舌が飛び出し、その唇を舐める。湿された朱唇が、色っぽく唾液《だえき》に光る。

「もの欲しそうに先っぽから涎《よだれ》を垂らしているわ。よっぽど一平くん、欲情しているのね……。とても辛そう」

自分に言い聞かせるように恋菜がつぶやいた。慈悲深い女医の手が、そっと亀頭を撫でてくれる。

「ぐぉっ！」

びりっと背筋を走る悦《よろこ》びの電流に喉奥が鳴る。

媚熟《びじゅく》女医のやわらかな手が穂先に触れただけで、強烈な快感が一平を痺れさせた。

「恋菜先生の手、そんなに気持ちいいのっ？」

にちゃ、にちゅぅっと、透明な先走りに濡れ光る先端を恋菜に撫でられ、腰を浮かせている一平に、まるで浮気を詰《なじ》る彼女のように純玲が悋気《りんき》を滲《にじ》ませている。

「ああ、だって、俺のち×ぽが恋菜先生に可愛がられてるのだものっ！」

純玲が見ている前で、手淫をしてくれる恋菜。先ほど浮かべた淫らな妄想よりもさらに刺激的で淫靡なこの状況が、一平には信じられず、確認するかのように叫ばずにいられない。

「久しぶりなの。男の子の……こんなに元気なおち×ちんに触れるなんて。もっと気持ちのいいやり方があったら教えてね」

理知的で清楚な美貌を真っ赤に染めながら恋菜が、純玲と一平のどちらに聞いているのかも判らない口調でつぶやきながら、とろとろのカウパー液でぬらついた右手で肉軸を握る。

「ひ……はあああっ！」

ぎゅっと握られただけで、凄まじい気持ちよさに、とぷっ、とぷっと先走りを漏らしてしまう。

微熟女は、さらに左手を亀頭に被《かぶ》せてきた。

左手に亀頭を撫でられながら、右手で肉茎をしごかれる。

卑猥《ひわい》な手つきなのに、とても丁寧で優しくて、所作の一つ一つが一平の性感をたまらなく刺激してくれる。

美女医が隠し持っていた男を悦ばせる手練に、一平はなす術《すべ》なく翻弄《ほんろう》されている。

「ああ……。とっても逞《たくま》しいおち×ちん。こんな男性の感触を味わうのも久しぶりだわ」

「ああん。恋菜先生ばかりズルいですぅ！　純玲も、一平くんのおち×ちんに触りたいのにぃ。スケベな純玲に一平くんは欲情してくれたのですから、純玲にだって権利があると思います！」

言いながら美人看護師も手を伸ばし、一平の陰嚢《いんのう》を掌の中に収めてしまう。皺袋の縫い目を確かめるような手つきで、やさしく揉みほぐしてくれるのだ。

「あぁ、一平くんって、タマタマも大きい。きっとこの中に精液が、いっぱい詰まっているのね」

言っているうちに昂ってしまうのか、純玲の牝臭がさらに甘ったるく漂う。最早それは牡を誘う牝フェロモンから、自らも性悦を望む発情臭へと替えられている。その淫らな匂いに反応して、一平は肉棒を恋菜の掌の中でギュンと撥《は》ねさせた。

「うふふ。本当に凄いのね。こんなに元気がいいなんて！　よっぽど純玲さんに揉まれるのが気持ちいいみたい」

年上の余裕か、女医の貫禄《かんろく》なのかは知らないが、やはり恋菜の方が格の違いを見せている。それが悔しいのか純玲は、さらに悋気を露《あら》わに、ついには女体を前方に深く折り曲げ、一平の玉袋を舌先でくすぐりはじめた。

「おほっ！　な、なにそれ？　純玲さん、くすぐった気持ちいいっ！　うおっ、だ、ダメになりそうぅぅぅっ！」

チュポッと睾丸の一つが皺袋ごと美牝看護師の口腔に吸い付けられる。生暖かくも心地よい口内の感触。舌先にもレロレロとくすぐられ、ムズ痒くも力が抜けていくような快感に脱力していく。

「うふふ。本当に一平くん気持ちよさそう。私も負けていられないわ。こうしちゃうんだから……」

呆《ほう》けたような表情で玉袋奉仕を受けている一平に、恋菜も複雑な女心を刺激されたようだ。

「あん……また、びくって跳ねたわ。若いから……とっても硬いのね」

美女医が手筒を先走りで濡らし、ちゅくちゅくとしごいてくる。

(くうっ、このままじゃ、射精《い》かされてしまうっ!!)

手淫されて間もないうちに、発射準備を整えられてしまっている。いささか早すぎる終焉《しゅうえん》に、一平は唇を嚙《か》み、下腹に力を入れて堪《こら》えようとする。

美しい女性たちからの快美な奉仕を少しでも長く、一回でも多く脳裏に刻みたい。

「く……ううっ」

「あん、ダメよ。いけないわ」

恋菜の甘くまとわりつくような吐息が、耳の穴に注がれた。

「我慢しちゃダメ。私たちに任せて。素直に……甘えていいのよ」

「そうよ。一平くん。私たちがしてあげたいの……。知っているでしょう、純玲も発情しているから、もう止められないのよ。うふふ、エッチな一平くんに純玲は発情しているのよ」

言い終わるやいなや純玲は舌を伸ばし、一平の陰嚢を舐めあやす。蟻《あり》の門渡《とわた》りにも舌先が及び、肛門まで舐めてくれそうな勢いだ。

ぷんと漂う匂いで、純玲が熱膣から甘蜜を吹き出させていることが知れた。

「えっ？　ぐわあああぁっ！」

突然に、これまでとは明らかに異なる快感。男根が熱く湿潤した肉感に包まれていた。

切っ先に恋菜の朱唇が吸い付いたかと思うと、肉エラの縁《ふち》を器用な舌先が這《は》いまわる。

暫《しば》し、丁寧に亀頭部を舐めていたかと思うと、ちゅぽんと口腔内に咥《くわ》え込まれた。

「んふ、ちゅぶ、ちゅちゅっ……。これならどう？　素直になれそうかしら……。あぁ、それにしても凄いのね、一平くんのおち×ぽ。お口が痺れちゃうほど、ビンビンにそそり勃《た》っているわ……むふん、ちゅぶちゅちゅっ！」

恋菜のフェラチオを横目に純玲が妖艶《ようえん》な微笑を見せる。いつの間にかふたりは挑発しあっているのだ。

ついには純玲が恋菜に顔を並べると、その口元から肉棒を掠《かす》め取る。

奪われた恋菜は、またしても手扱《てしご》きに移行して、熱心に男根をあやしはじめる。ただ上下に動かすだけでは飽き足らず、ろくろで陶芸の粘土を捏《こ》ねるように、ひねりながら優しく握られ、にちゃっ、にちゃっと先走りを泡立てていく。

（う、嘘だろ？　こんなに美しい二人が、競うように俺のち×ぽをしゃぶりあうなんて……）

定まらぬ視線で見慣れぬ部屋を見回すと、アロマポットの灯火《とうか》がまるで蜃気楼《しんきろう》のように揺れている。幻想的なその揺らぎに、甘い夢を見ているように思われた。

静まり返ったリビングには、二人が鳴らす派手な汁音だけが響いている。

「ほふぅ、ぬっぷ、ぬぷぷ……。どうか恋菜のお口に……。あぁ、一平くん。あなたの精液を恋菜に放って……。んふ、にゅぷ、ちゅずずず……」

艶美かつふしだらに、二人の美女が対抗心も露わに左右から交互に男根を吸いたてる。異常な昂りに自尊心まで刺激され、喜悦に漲《みなぎ》る男根の唸りが止まらない。

「あん、恋菜先生ばかりズルいです。そんなに深く呑み込むなんて……。お願いですから独り占めしないでください……。にゅちゅっ、ちゅぽっ、ぢゅぽぽぽっ！」

「あぁ、だって、私も久ぶりだから……仕事ばかりで、男の人とこんなことするのは……。それに、一平くんの夥しいカウパー汁を味わう内に、恋菜も発情させられたみたいで……あむ、んふ、んふぅぅん……」

互いの唾液に濡れてべとつくの肉棒を、むしろその汚れを舐め取らんとする勢いで、熱烈に吸い上げてくる。

二人の美女に代わる代わる肉棒を咥えられるあり得ない体験に、酩酊《めいてい》して目が回るようだ。

「あぁぁ、き、気持ちいい、です……っ。も、もっとち×ぽを……」

その一平の切ない呟きで、二人の奪い合いは競演へと変わった。

肉茎を得られない口は、陰嚢に移り、皺袋を吸いながら睾丸を舌で転がす。

亀頭部に吸い付いた口からは、鈴口をこじ開けるように舌先がねじ込まれ、尿道管を犯される。

強烈な快感に背筋が震え、下肢も痺れて、ついにはその場に仰向《あおむ》けに倒れ込んだ。

ますます口淫をしやすくなった二人。もはや誰がではなく、恋菜と純玲が共に、射精に向けての舌戯を繰りだす。

陰嚢を吸い合い、肉茎を両側から唇で挟みこむ。おんな同士の唇も触れ合わんばかりにして、ついには頬擦りまで使って男根を追い詰める。

「ううっ、このままじゃ射精《で》ちゃいますっ」

「んふふ……いいのよ。我慢しないでって言ったでしょう」

一平が切なく悲鳴をあげても、二人の美女は許してくれない。

「ああ、なんて罪作りなおち×ちん。私たちにこんなはしたない真似までさせるなんて……。でも、したくて堪らないの……。むふ、んふぅ、ちゅずずず……」

「もう射精《で》そうなのね。タマがプルプル震えている。お汁が溜まり過ぎて辛いのでしょう？　いま私がお口で治してあげるから……。ぬぷ、てろ、ちろちろ……」

付け根から切っ先まで這いまわる濡れ舌。皺袋や肉幹を甘噛みしてくる朱唇。肉塊をさも愛《いと》しげに頬擦りする滑らかな顔肌。そして、美女たちが放つ、かくも淫らで、かくも扇情的な匂い。

ふたつの女体が、艶めかしくも物欲しげに発情臭を放っている。あまりに卑猥で扇情的な匂いに、限界への撃鉄が引かれた。

一平は大きく唸り声をあげると、美女たちに向け白弾を撃ち放った。

「ぐおおっ！　で、出るっ。うあぁ～～っ！」

最初の一撃は誰の口内にも飛ばず、ふたりの顔に放たれた。

それでも恋菜と純玲は、まるで牝犬と化したように舌を出し、進んで美貌を差しだしてきた。

「きゃぁっ！　ああっ、凄いっ。凄い勢いで当たっているわ。んはっ、ああ、もっとかけてドロドロにして。純玲の顔にザーメンパックして……っ！」

「ひうんっ！　熱くて、お顔が焼けちゃうっ。でも嬉しい。精液の匂いに染められていく……っ。ああ、射精《だ》して。恋菜にもっと振りかけてぇ……っ！」

艶声を上げながらなおも男根を擦り、自らの美貌に精液を迸らせようとする。

艶ボクロが飾る恋菜の口元や、鮮やかな純ピンクに色めいた純玲の唇は勿論《もちろん》、舌から鼻梁から頬から、美しい顔の至るところが夥しい濁液に覆われていく。

（二人いっぺんに顔射を浴びせるなんてっ！　ああ、興奮しすぎて射精が止まらない。いつまでも射精《だ》せそうだ……っ！）

今更ながらの背徳感に背中が震え、凄まじい快感に肉柱が軋《きし》む。

歯を喰いしばり何度も射精痙攣《けいれん》を繰り返すうち、気付けば精子の全てを吐き出していた。

あれだけ頭の中に咲いていた艶花が、ゆっくりと色を失っていく。けれど、本来であれば急速に萎《な》えるはずの性欲が、なおも一平の中で燻《くすぶ》っていた。

6

「ううぅぅ……。れ、恋菜先生、純玲さん……」

リビングの灯《あか》りの中、ふたりの美女が精液に濡れた顔を白く浮かばせていた。

「あぁん……。凄い匂い。なんて濃い精液なの。顔がすっかりヌルヌルだわ。でも、すぐにカピカピになるわね……」

純玲が顔を指でこそいでいく。そして、かき集めた汁液を指ごとクチュクチュと舐め取った。

「凄いわ、喉にへばりつくのね……。んちゅぅ、ちゅぷちゅちゅちゅ……」

「ああ、本当に濃いわ。プルプルして、指から滴《したた》り落ちない。ゼリーよりも濃いかも……。ちゅる、ちゅちゅるるる……」

純玲を真似て、理知的であるはずの恋菜までが精液をこそぎ舐める。美貌を穢《けが》されたことを怒るでもなく、むしろ嬉々として精液を舐め取る姿に、またしても一平の獣欲が掻《か》き立てられた。

射精を経ても、なお冷静さを取り戻せずにいるのは、ふたりの美女が未だ牝フェロモンを濃密に放っているからに相違ない。

「ああん。ウソぉ……。一平くん、まだ収まらないの？」

「凄いのね。ああ、でもきっとこれは、私たちの淫らな匂いが、もたらしているのよね？　つまり、一平くんのおち×ぽは、私たちの発情臭が収まるまで鎮《しず》まらないということなのだわ」

恋菜の分析に、純玲が含みを持ったコケティッシュな微笑みを向けてきた。

「ねえ、一平くん。純玲の発情をそのおち×ちんで鎮めてくれる？　できれば恋菜先生も一緒に……。三人でなんて淫らだと思うけど、純玲はそれを望んでいるの」

言いながら美人看護師は、一平の傍《かたわ》らで膝立ちすると、未だ女体にまとわりつく白衣を脱ぎ捨て、自らの背筋にも両腕を回した。

「えっ？　す、純玲さん……」

その大胆な行動に驚きながらも、彼女から視線を離すことができない。

傍らの恋菜も、呆気《あっけ》に取られたように純玲の様子を見つめている。

「うふふ、そんなエッチな目で見られるの久しぶり。看護師になってからは、仕事ばかりで出会いの場もなかったから……」

いかにも場慣れした雰囲気を醸《かも》しだしつつも、どこかに恥じらいを残して純玲が微笑む。

細い腕が下方に運ばれると同時に、背中で結ばれたビキニの紐が解かれる。

女体にしがみつく力を失ったビキニのカップが、はらりとふくらみから落ちた。

「あん、やっぱり少し恥ずかしい……うふふ」

「うわあぁ……」

きついくびきから解放されたふくらみが、ぶるるるんと飛びだしてくる。

途端に、美人看護師が妖華を漂わせて身をよじる。その胸元で、二つの乳房が瑞々《みずみず》しく全容を露わにした。

一平とて、生の乳房を目にするのは、はじめてではない。過去にふたりの女性と経験があった。にもかかわらず、まるで思春期の頃に戻ったように、純玲の豊乳に視線を釘付けにしている。

二十代前半の美人看護師の乳房は、見事なまでにたわわに実り八十センチを優に超えていよう。それもボディラインが華奢《きゃしゃ》なまでに細くデコルテラインも薄いため、より迫力たっぷりの巨乳感が半端ない。

しかも、肌のハリが強く、それほど熟れも及んでいないせいで、ドッと前に飛び出してくるようなロケットおっぱいなのだ。

それほど挑発的なふくらみでありながら、乳首も乳輪も、色合い淡く繊細な桜貝のよう。今が食べ頃とばかりに、乳首は半《なか》ばしこりを帯びていた。

「一平くん、触って。舐めたり吸ったり、好きにしていいよ。その代わり、やさしくしてね。飛び切りのやさしさで純玲を感じさせて……」

純玲が自らの乳房を両手で掬い、自在に容《かたち》を変形させては、そのやわらかさを証明してみせる。

半勃起した乳首をあちらへこちらへと向けながらひしゃげる乳房に、たちまち一平は魅了された。肌理《きめ》の細かな乳肌に顔を埋め、その乳首を舐め啜《すす》りながら、思い切りその胸元周辺の匂いを嗅ぎまわりたい衝動に駆られている。

「うう、純玲さん。た、たまらないよぉっ！」

夢遊病者の如く一平は、横たえていた上半身を起こし、その魅惑のふくらみに手を伸ばした。

「やさしく」と囁かれた言葉が頭の中で木霊《こだま》しているにもかかわらず、瑞々しい肉実を鷲掴《わしづか》みにしてしまった。二つの熱い塊に、苦もなく指がぬぷぬぷと沈む。

「ああん……んふぅ」

「うわ、やわらかっ！　な、なのに堪らない弾力が指を弾《はじ》き返してる」

「うふふ。気に入ってもらえた？　だったら、もっと揉んでみて。乳首にもおいたしていいよ」

「ああ、純玲さん」

慈悲深い許しを得た一平は、嬉々として乳房を揉んだ。傍らの恋菜の存在を忘れるほど夢中にならずにはいられない肉房。驚くほど滑らかで、ひどくやわらかく、それでいてどこか初心《うぶ》な感触。無双の如きソフトさと、ゴムまりのような反発力が共存している。

「あっ！　あぁん……。んふぅっ。ウソみたい。純玲、やっぱり興奮しているのね。おっぱいがこんなに敏感になるの、はじめてかも……」

一平の指を包み込んでは、押し返し、反発しては、また受け入れる。指先や掌で擦りつけると、乳肌が美しい薄紅に染まりはじめ、薄《う》っすらと汗ばんでいく。

（なんていい揉み心地！　興奮しちゃうよ……お、おっぱい。おおっ……!!）

一平が乳膚を擦るに従い、乳首がその貌《かお》をあからさまに持ち上げていく。愛らしい桜色に染まった乳頭は、ムッチリと硬く肥大して、いやらしいことこの上ない。

「おおお、純玲さぁん！」

揉んでいるだけでは我慢できなくなり、とうとう片乳にむしゃぶりついた。

「あああぁ、一平くん。そうよ、吸ったり舐めたり好きに……あぁん！」

ちゅるんと唇先で乳首をすり潰すと、途端に純玲の声が色っぽく掠れた。

調子に乗った一平は、しこる乳首に舌を絡ませ、ちゅうちゅう、ぶちゅ、ちゅばっと、腹を空かせた赤子のような性急さで美人看護師の乳首を吸啜《きゅうてつ》する。

鼻腔に擦れる乳膚の匂いは、いまにも母乳が吹きこぼれてきそうに感じさせる。粘っこくも猥褻《わいせつ》な水音をわざと響かせると、純玲はいっそう激しく身悶えて、耳に心地いいよがり声を跳ね上げた。

「んふぅ、あっ、あっ、あぁん。一平くん、純玲のおっぱいが欲しいのね。呑ませてあげられなくてごめんね……。ひうっ！　そんなに強く吸わないでっ……。あっ、あん、乳首が、乳首が切ないぃっ！」

強く吸うなと言う割に、純玲の両腕はひしと一平の後頭部を抱き締め、肉房を口腔に押し付けてくる。

滑らかな乳膚に鼻と口の両方を塞がれ、一平はしあわせに溺れた。

「もう一平くんのスケベ！　純玲さんのおっぱいに溺れながら、またおち×ぽ、こんなに硬くして……！」

純玲と一平の嬌態を見つめていた美女医が、何を思ったか一平の片手を捕まえた。

その手を恋菜は、自らの白衣の前合わせの間に強引にねじこんでしまう。それも一平の手指が導かれた先は、ブラジャーの内側なのだ。

（むふっ！　れ、恋菜先生っ？）

純玲の乳房に視界を遮《さえぎ》られていたが、それが微熟女の胸元であるとすぐに理解できた。

正直、女医の視線がずっと自分たちに張り付いていたことは意識していた。

一刻《いっとき》は、一平の分身を口淫してくれた恋菜ではあったが、さすがにそれ以上の行為は躊躇われていたのだろう。

理知的な彼女のことだから、それも当然と思われた。にもかかわらず、その美女医が、こんなふしだらにも大胆な行動に出るとは。

「お願い、一平くん。恋菜のおっぱいも触って」

じっとりと汗ばんだ乳房は、見た目にも純玲よりも大きいと判っていたが、手の感触から一回り以上、上回ることを実感した。

しかも、そのフワフワのやわらかさたるや半端ない。

年を重ね成熟したおんなの乳房は、乳腺よりも脂肪が勝るものだと、友人たちとの猥談か何かで聞いた。ということは、このやわらかさの源は、大きな肉房に内包された高密度のトロトロ脂肪であるらしい。しかも、それは遊離脂肪と呼ばれるほど自在に移動する物体で、まるでスライムのようにねっとりと一平の手指にまとわりついては、次の瞬間には移動しながら容《かたち》を変えるのだ。

熟れた乳房の魅力とは、まさしくその途方もない柔軟性と、乳肌の弾力が生む反発力だと知らされた。

「ほら、判るでしょう一平くん。恋菜の乳首も硬くなっているのよ？」

なるほど判る。掌底の中、乳首は既に硬く勃起していた。やわらかな肉房とは好対象に、コリコリになった蕾肉の感触が掌を淫靡にくすぐっている。

（うわ、やわらかい！　触っている手の方が溶けてしまいそうなくらいだ……）

大きな乳丘は、一平の手に合わせ自在に形を変える。その感触に半ば感動を覚えながら掌で円を描くように撫で、やさしく揉み、こね回す。

「あううっ。か、感じちゃう……。私、人一倍感じやすいカラダなの。若い頃はセックスに溺れたことも……。けれど、病院経営が安定するまでは禁欲しようと……。だから、こんな風に男の人に触られるのも久しぶりで」

なるほど告白の通り、少し乳房を揉まれただけで、女体を悩ましくくねらせている。ただでさえ敏感な肌が、長らく禁欲で抑えつけられていた分、より感じやすくなっているのかもしれない。

「純玲さんよりも年を取っていて、だらしのないカラダだけど、一平くんが望んでくれるなら恋菜も裸になるわ……」

「恋菜先生、本当ですか？　純玲、うれしい。先生と一緒なら一平くんに全身の匂いを嗅がれても恥ずかしくないもの！」

恋菜の参戦を純玲が本気で喜んでいる。事によると、その喜びようは一平以上かもしれない。

無論、一平としても微熟女の女体を拝めるのは、悦び以外の何ものでもない。

「お願いします。恋菜先生の裸、俺も見たいです！」

純玲の乳房からようやく顔を引き剝がし、一平は懇願した。

「分かったわ。でもがっかりしないでね。純玲さんほど若くないのだから……」

余程、一平との年齢差を気に病んでいるのか美女医はそう口にしながらも、思い切ったように白衣を脱ぎ捨てた。

現れ出たのは、黒いビキニ姿の眩《まばゆ》い肢体。驚いたことに、恋菜までもが純玲同様、白衣の下に水着姿を隠していたのだ。

純玲ほど際《きわ》どい水着ではないが、艶めかしいには違いない。

「あっ、ぅあうぁぁ……っ」

その肢体の見事さに、言葉はおろか声も出ない。

見た目、豊満に思われた女体は、脱いでみると十分以上にスレンダーであると判る。着くべきところに肉がつき、丸みを帯びているため、豊満に映るだけなのだ。

純玲の女体が芸術品のような完璧さならば、恋菜の体つきは天然の官能味を誇っている。凄まじいまでに肉感的で、男好きのする肉体なのだ。

黒ビキニを身に着けていながら、三十路《みそじ》の生脚を晒すことが恥ずかしいのか、もも丈《たけ》のストッキングを履いているのが、アンバランスながらも淫靡に映る。

「恋菜先生、綺麗！」

うっとりとつぶやいたのは純玲だった。

「うん、本当に……物凄く綺麗で、ヤバイくらいエロいです！」

追随する一平。途端に美女医は、自らのカラダを両腕で抱くようにして、細い腰をギュッと捩《よじ》った。

「いやな一平くん。純玲さんも恥ずかしがらせるようなこと言わないで」

しきりに恥じらう恋菜の匂いが、どんどん淫靡さを増していく。そのカマンベールチーズにも似たその匂いが、微熟女の発情臭であるのだ。

「ああヤバイです。恋菜先生のいやらしい匂い、やっぱり熟女だけあって、純玲さんよりも濃厚かも……」

甘ったるさで言えば、むしろ純玲の方が濃いかもしれない。けれど、あえてそう口にすることで、恋菜の牝臭がさらに女体から立ち昇るのを促している。

「ああ、一平くんには、恋菜の発情を隠せないのね」

「そ、そうですよ。先生のスケベな匂いがプンプンしているから、ほら俺のち×ぽ、いきり勃っているでしょう？」

言いながら一平は腹筋と括約筋《かつやくきん》に力を入れ、屹立した肉柱をぐいんと嘶《いなな》かせた。

「発情しているのは、純玲も一緒です。さあ恋菜先生も早く……！」

純玲にも促され、恋菜はおずおずと自らの背筋に腕を回した。

蝶結びのビキニの紐を細い指で引っ張ると、黒いブラカップが力を失ったようにずり落ちた。

どこまでも白い乳肌が艶光《つやびか》りして、一平の獣欲を誘う。

純玲の肉房よりもやはり一回りは大きい。さすがに重力に負け、ハの字に左右に広がりながら下方向に垂れ落ちる。けれど、その分、下乳が丸く大きく膨らんで、見事なティアドロップを形成した。

美女医が身じろぎするだけで、たぷんと揺れ動く様《さま》は、まるで大きな水風船を思わせる。そのやわらかさの正体がこれであったのかと、一平はギラギラした眼差しでふくらみを視姦した。

それも純玲の乳首を唇に含みながら、恋菜の巨乳をガン見しているのだから背徳感が半端ない。

「恋菜先生、そのまま下も脱いでしまったらどうですか？　一平くんにおま×こを舐めてもらうというのは……」

助手であり年下であるはずの純玲が、いつの間にか恋菜に指示している。

わずかに逡巡しながらも、恋菜はこくりと頷いた。従順に自らの蜂腰に手を伸ばし、ビキニパンツのゴム紐と蜜肌の間に挿し入れる。

黒い網ストッキングだけを美脚に残し、美女医が自らの下腹部を晒していく。

こんもりとした恥丘をふわりと覆う黒々とした陰毛。その毛先が銀の雫《しずく》で濡れ光っている。

薄布を脚先から抜くために持ち上げた瞬間、わずかに開いた牝唇が純ピンクの肉色を覗《のぞ》かせた。

刹那に、プーンと強烈な牝臭が一平の鼻先を襲う。

初夏とはいえ真夏並みの暑さに、相当下腹部は蒸れていたようだ。噎せるような酸性の芳香と、チーズのような香りが入り混じっている。けれど、そのベースは恋菜の甘い体臭であり、決して不快な感じはしない。

それどころか一平の劣情を嫌と言うほどに煽《あお》り、勃起させた男根が我知らず嘶くほどの匂いなのだ。

「ほら、一平くんも、恋菜先生のおま×こ舐めたいでしょう？　いっぱい愛してあげて……」

言われるまでもなく、すぐにでも恋菜の女陰にむしゃぶりついてしまいたい。けれど、その間、純玲はどうするのかが気になった。

「す、純玲さんは、どうするの？」

「私？　うふふ、私は、おま×こに一平くんを挿入《い》れちゃうわ……。一平くんにおっぱいを吸われているうちに、すっかり準備ができたから……」

そう言いながら純玲の女体が一平から離れていく。その場に膝立ちして、恋菜同様にビキニパンツを脱ぎ捨てた。

彼女の言葉通り、すでにたっぷりと蜜液を吹き零《こぼ》していたらしい。牝唇からビキニのクロッチ部にかけて、ツーッと淫らな銀糸が引かれた。

7

「一平くんは、そのまま仰向けになって……。恋菜先生は、ほら、一平くんのお口におま×こを運べばいいわ……」

熱に浮かされたような純玲の口調。その指図に素直に美女医が従う。一平の顔の上に、はしたなくも恋菜が跨《また》がってくるのだ。

剝き出しにされた微熟女の秘苑が、固唾《かたず》を呑んで待ち受ける一平の視線に入った。開股する美女医の複雑な内部までが丸見えだ。

「どう？　恋菜先生のおま×こを見た感想は……？」

純玲が質問すると、一平が答える前に恋菜の女陰がぶるぶるっと小刻みに震えた。

ギラついた牡獣の視線に晒された上に、純玲からの予期せぬ言葉責めにあい、淫靡な興奮で女体を火照《ほて》らせているのだろう。その証拠に、ドッと女陰から蜜液を溢れさせ、今にも一平の顔に滴《したた》らせそうな勢いなのだ。

「凄くヤバイです。清楚な純ピンクで上品なのに、もの凄くイヤらしい！　牝孔全体がうねうねして、周りの薄茶色のビラビラはヒクヒクと……。アワビが蠢いているみたいで酷くエロい……！」

「ああん。イヤぁ……。エロいだなんて、そ、そんな……。恥ずかし過ぎるわ！」

的確な生々しい感想に、恋菜は頬を真っ赤に染め、またしても女体を捩る。

それでも秘唇は官能に疼くのか、新たな潤みを滲ませて、ついに一平の顔に滴らせた。

「先生！　俺に舐めて欲しい場所を指で開いてください」

恋菜を辱《はずかし》めるのが目的ではない。自分の唇を美女医の性門に付けるなど、畏《おそ》れ多く感じている。だからこそ、彼女自ら扉を開けて、優しく導いて欲しかった。

また、秘唇の構造が予想以上に熟れて細密なので、どこまで悦ばせることができるのか自信がなかったということもある。

「恥ずかしいことをさせるのね。一平くんの意地悪っ、あぁぁ……」

美貌をさらに紅潮させた美女医が、自らの細指を蜜唇に添え当てた。そして秘裂を静かに割り広げ、子宮に続く襞肉《ひだにく》の奥を見せつけてくれる。

「ここよ。この孔《あな》を、一平くんに舐められるの」

月下美人を連想させる妖艶な匂いを撒き散らし、淫壺の粘膜が、ぬぽぉ……と口を開けている。

『あなたに舐めてもらえるのを、たっぷり濡らして待っているのよ……』

牝唇がそう告げるようにヒクついている。

「あぁ、恥ずかしいわ。匂っているわよね。嗅覚の鋭い一平くんだから、臭すぎて萎《な》えてしまうわよね」

真っ赤な美貌はそっぽを向き、今更に「お風呂で洗ってくるわね……」と逃げ腰になる。おそらく自ら匂いを感じ取ってしまい、羞恥が極まったのだろう。

「先生のま×こが臭いわけありません。ほら、こんなに顔を近づけても平気です」

「あはぁぁぁっ、待って――はぁぁんっ」

恥じらうばかりで一向に腰を降ろしてこない恋菜に焦《じ》れ、一平は腹筋に力を入れ、唇を突き出すようにして、微熟女の股間にかぶりついた。

恋菜が恥裂に添えたままの細指までも構わずに舐めまくる。

途端に、女体がぶるぶるっと艶めかしく震えた。

「きゃぁ！　あっ、ああ、そんな！」

恋菜が足を閉ざす間もなく、飢えた犬のような舌技で蜜口を蹂躙《じゅうりん》していく。

「やあぁん！　私、おま×こ拡げて、クンニされてるっ！　あっ、ああん、こんな淫らなことさせているのに興奮しちゃうわ！」

その言葉通り、美女医の興奮度合いを示す発情臭は、さらにねっとりと濃度を増している。しかも一平は、その月下美人にも似た匂いを味蕾でも味わっている。

杏子《あんず》と蜂蜜を混ぜたヨーグルトに塩みを加えたような独特な味がした。

とにかく神秘的な蜜味と、甚《はなは》だしい匂いによって一平の昂りは限界に達した。

「あん、ダメぇ、そんなにベロベロしないでぇ……あぁっ、んはあぁぁ……！」

万歳をするようにおんなの太ももに両腕を回し、べったりと口腔を女陰にくっつけているから、恋菜には逃れようがない。

しかも、秘苑が一瞬のうちに痺れはじめたらしく、豊満なカラダから力が抜け落ちていくのが判った。

恋菜の艶尻の位置が落ち、自然、一平の顔の上に座り込んでしまった。

それでも蜜口から口腔を離さずに、舌先を忙しくさせて舐め啜る。

「ああん、それでなくても久しぶりだから感じやすいのに……。い、一平くんの乱暴な舌遣い、堪らないわ……」

鼻の頭までべとべとにして舐め啜る一平に、おんな心を酷く刺激されるらしい。あまりにも興奮しすぎて、乱雑で忙《せわ》しないままに舌捌《したさば》きを繰り返しているにもかかわらず、むしろ暴力的な快感が女体の隅々にまで広がるのだろう。

恋菜の容《かたち》のよい唇から、絶望的なまでに甘い喘《あえ》ぎが漏れ出している。

「うふぅ、んんっ……。ああ、舐められてる。まだ知り合って間もない男の子に、私、おま×こを舐められて悦んでいる……。あん、あん、あはぁ……っ！」

女陰で甘受する若舌の感触に、羞恥心を燃やしながらも、久方ぶりのおんなの悦びに女体を汗ばませている。

明らかに官能に喜悦する恋菜の艶声に、一平の獣欲も最高潮にまで振り切れた。

「あああぁ、き、気持ちいい……。恥ずかしいのに、気持ちいいの……。ねえ、一平くん、隅々まで舐めて……。ええ、そうよ。そう。とっても上手ぅ」

美女医に愛舐《あいな》めを褒められ、嬉々として舌を躍らせる一平。ついには、舌先を硬く尖らせ、牝孔を穿《うが》ちまわした。

「ひぅっ！　あはぁ、恋菜、お腹の中を舐められているのね……。あっ、ああん、いいわ。ねえ、いいのぉ……っ！」

身も世もなく乱れていく微熟女。我知らず腰を揺らし、自らの好みのポイントに舌先を催促している。

「恋菜先生ったら、本当に気持ちよさそう。そんな姿を見せつけられたら、私だって我慢なんてできないんだから……っ。一平くん。純玲も気持ちよくさせてもらうわね。純玲のおま×こに、おち×ちん挿入《い》れちゃうね……」

宣言した若牝が、仰向けになった一平の腰部を跨いできた。視界は恋菜の下腹部に塞がれていても、その気配は察している。頭でもその言葉の意味を察し、一平は完全勃起させた分身を期待にギュインと嘶かせた。

「もうっ！　一平くんってば、エッチすぎよっ！」

やわらかい純玲の手指が剛直を直立に起こし、己の秘口へと導いていく。男に跨る経験も皆無ではなさそうな慣れた動き。

「一平くん……。純玲は前戯なんていらないくらい潤っているの……。ずっと濡れっ放しのもの欲しそうな純玲のおま×こ、おち×ちんで満たしたいの！」

およそ不似合いな淫語を口にしながら、美人看護師も自らの姫口を指でクパッと拡げ、生殖器同士の結合をせがんでくる。

「あんまり期待しすぎないでね。純玲のおま×こ、気に入ってもらえると嬉しいけれど……」

痴女のように迫りながら片やで純玲が羞《は》じらっていることを、その声で知った。そんな美人看護師の牝貌を拝めないことが残念でならない。

(ああっ、畜生っつ！　純玲さんがエロま×こで俺のち×ぽを咥えるところを見逃すなんて……！)

悔し紛れに、先ほど垣間見た純玲の女陰を脳裏に思い浮かべる。

黒々とした逆デルタ型の陰毛も、ピンク色の濡れた肉貝も、物欲しげに蠢く小さな穴も、それは見ているだけで射精できそうなくらいに卑猥な光景だった。

「挿《い》れちゃう、から……あぁ……本当はダメなのに……こんなこと、いけないのにぃ……あっ、あっ……ん……んん……ッ！」

鈴口がぬぷんと狭い窪みに嵌ると、若牝がゆっくりと細腰を落とす。

「ほら、判るかしら……。一平くんの先っぽが、ゆっくり純玲の膣中《なか》に挿入《はい》ってくるわ……くふっ……はあぁ……っ！」

その遅い動きは焦れったく感じられたが、その分、おんなの粘膜をじっくりと味わえた。蜜壺は想像よりも遥かに熱く、狭く、きつく、そして淫靡に潤んでいた。

（ぐわぁぁっ挿入《はい》っていく……俺のがどんどん、純玲さんのま×この中に……！）

視界を塞がれているからこそ、むしろ神経が集中されて、己が分身を呑み込まれていくのがミリ単位で感じ取れる。

亀頭エラが膣口を潜ったあとは、スムーズだった。ぐちゅんっ、とぬかるみに沈んだ剛直が、滑らかなまでに蜜壺へと飲み込まれていくのだ。

「はっ、はうぅぅ……っ！　ああ、はっ、はおおお……っ！」

肉柱が根元まで肉筒に包まれると同時に、M字型に脚を広げた純玲が一際《ひときわ》大きな声を上げる。

スレンダーな女体に違《たが》わず狭隘《きょうあい》な肉路が、一平の質量に驚いたように蠢いている。

その蠢動《しゅんどう》を若牝の腰つきと勘違いした一平は、呼応するように腰を動かした。視界が定まっていない分、闇雲な突き上げだ。

「はうううううううぅっ！　だ、ダメよ、動くの、ダメぇっ！　純玲が、純玲が動くっ、からぁ……ふっ、うっ、うっ、ううぅぅん！」

艶めいた声を切羽詰まらせて、純玲が一平を制す。苦しげなその声に、慌てて一平も律動を自制した。

少し冷静さを取り戻すと、肉棒に擦れる小さな漣《さざなみ》が牝膣の蠢動であることにようやく気付いた。

（ああ、いやらしく蠢いている。小さな触手にち×ぽをくすぐられているみたいだ……。それに、あぁ、熱い。女性の中って、こんなに熱かったっけ……？）

まだ若い純玲だからこそ、その体温も高いのかもしれない。まさしく、それが美人看護師の膣中にいるのだと実感させてくれる。熱さばかりではない。包み込むようなやさしさと、その対極にあるような淫らさが、繋がる性器を通してひしひしと伝わった。

「満たされる。大きなおち×ちんで、カラダを貫《つらぬ》かれている。ああっ、この感覚、素敵！　純玲は一平くんのおんなになったのね……！」

若牝が歓喜に咽《むせ》び、女体を小刻みに震わせる。

「ああっ、ごめんね一平くん。待たせてしまって……。いま動かしたらきっと純玲乱れてしまうけど、あまり焦らされるのも切ないでしょう？　だから……」

いかにも切なげなのは純玲の声の方。それを裏付けるように美人看護師が、小刻みに腰を揺らしはじめた。片手を一平の胸に置き、女体を支えている。

「んっ、んふっ……ん、んんっ……っく、んふんっ！」

妖しい腰つきに連動して、くぐもった喘ぎが部屋に響く。いつの間にか純玲は、もう一方の手で自分の口を覆い、その声を妨《さまた》げている。

若牝の喘ぎをもっと聞きたい一平からすると、いかにもその手は邪魔だった。

「純玲さん。うちのマンションは防音もしっかりしているから平気ですよ」

そう言って手をどかすように促してくれたのは恋菜だった。

「ダメなんです。純玲、感じると、はしたない声、出ちゃうのです」

美人女医の女陰から口を離し、「そのはしたない声が聞きたいんですよ！」と、一平が叫ぶより先に、純玲の蜂腰の動きが大きく、速くなった。

一度、手で放出させられていたお陰で耐えられたが、それでも油断するとすぐに暴発しかねないほどの快感が沸き立つ。

「はっ、あっ、ああっ……んうっ、か、硬い……おっきいぃ……はあっ、ああっ、あああん！」

手で口を覆ってるせいで、なおも喘ぎ声はくぐもる。一平に対してよりも、むしろ同性である恋菜を憚《はばか》り、淫らな声を押し殺そうと必死なのだろう。

「きゃううぅっ！　い、一平くん、ダメぇ！　ああ、そんな、いきなりクリトリスを舐めるなんて……ああ、私、私ぃ……はほおおっ！」

純玲の喘ぎ声が聞けない分、恋菜を牝啼きさせようと、純ピンクに充血した肉蕾を唇の先に咥えた。

チロチロとくすぐるように舌で弄《もてあそ》ぶと、他愛もなく包皮が剝け、淫核が顔を覗かせる。すかさず上下の唇に挟み、舌先で肉豆をザラリと舐め上げた。

「はうぅ！　あっ、あぁ、ダメなの。お豆感じちゃうの……あぁん、いいっ！」

蜜腰がいやらしくビクンと跳ね上がり、肉蕾が一平の口腔から逃れる。けれど一平も首を懸命に伸ばして、さらに充血して膨《ふく》れた牝芯に追従した。

「あっ、あん、いやらしい舌遣い。細かくチロチロと……。んふぅ……ダメなのに感じちゃう……いいの……くふぅ、ああ、一平くん、とても上手ぅ……っ！」

年上のおんならしく、微熟女が上手に褒めてくれる。それが嬉しくて、一平は夢中で、クリトリスを弄ぶ。

それもただ牝核を舐めるばかりでなく、牝孔には左手指を挿入させ、さらに右手を懸命に伸ばし、下方から乳房を鷲掴んでいる。

もてる全てを駆使して、美女医を追い詰めるのだ。

「あはん、一平くんに指を挿入《い》れられちゃった……。あっ、ああ、指先が気持ちのいいところに当たっているわ！」

恋菜からすると、まるで自分から迎えにいったかと思うほどスムーズにポイントを発見できた。それもこれも、洪水の如くたっぷりと女陰が濡れているからだ。

しかも、しばらくは一平から指を動かすことなく、そのポイントに止め、ただあてがっているだけでよかった。それだけで女体の性感は高まり続け、指を感じながら微熟女自らが腰を動かさざるを得なくなるのだ。

「ちゅぶぶぶぶぅ、ぶはぁ……。ああ、恋菜先生のま×こ、凄く美味しい。ツンツンのクリちゃんもグミみたいで……。次から次にエッチなお汁が……」

内奥からしとどに流れ出る蜜汁を一平は唇を尖らせて採取する。

悦楽に瞳を蕩けさせながら美女医は、自《みずか》らの股間に埋まる一平の頭をしきりに撫でている。

「ねえ。一平くん。恋菜のおま×こ気に入ってくれた？　あはぁ……恋菜ばかりが感じてしまっているから恥ずかしくて……あふ、んんんふぅぅ……」

はにかむような初々しい表情は、やはり熟女と呼ぶには、まだ早い。それでいて淫蕩な雰囲気は、間違いなく三十路おんなのそれだった。

「も、もちろんです。酸味と甘酸っぱさとが絶妙で、なのに仄《ほの》かに甘くて……。何よりもこのいやらしい匂いが……。やわらかいビラビラに鼻先をくすぐられるたび……。どうしようもなく興奮させられて……！」

「ああ、いやよ。そこまで聞いていないわ。ああ、恥ずかしくて死にそう……」

素直過ぎる感想に、豊満な裸身を捩《よじ》る恋菜。それでいて女心を酷くくすぐられたらしく、浅ましく腰を揺らしている。

「ああ、一平くん、もうすぐ恋菜はイッてしまいそう……。お願い、もっと舐めて。恋菜のおま×こを舐《ねぶ》り尽くしてぇ……！」

際限ない甘い声で、おねだりする微熟女。そんな美女医に煽られたのか、純玲までが理性のタガを外させて、腰つきを激しくさせる。

ゆったりと前後にスライドさせていたものが、大きな艶尻を上下させる律動に変化したのだ。

「うおっ。ぐうううっ！　す、純玲さん。それ気持ちいいっ！」

ビロードのような肉襞で隙間なく包まれたまま、ずるん、ずるんと肉幹が摩擦される。

一平は我慢の限界を超え、腰をぐいっと突き出し、分身を最奥地まで到達させた。

付け根まで呑み込んだ膣口から溢れた淫蜜が、ブチュッ、ブチュンッと水音を弾けさせる。

（あああっ、ここが、純玲さんの一番奥……っ！）

コリッとした軟骨に切っ先がぶち当たった確かな手応え。

串刺しにされた美人看護師が大きく痙攣し、女体を弓なりに反らして天井を見上げた。とろとろに蕩けた秘苑は、男性器を歓迎するように蠢いている。

「奥に届いてるぅーっ！　はぁん……っ！」

高く掲げられた純玲の蜂腰が、重力に引きずられるようにズルズルと沈んでくる。

「こんなに奥まで充《み》たされるなんて、はじめてよ……」

まるで食虫植物のように肉厚の女唇がキュウッと締め付けてくるから、肉柱ごと全身が溶けだしそうになる。

純玲は規則的な動きで腰を上下させた。ドロドロに濡れぬかるんだ牝孔は、無数の膣襞で竿といわず亀頭といわず、牡肉全てに絡みついてくる。

（純玲さんの膣中《なか》ってすごいっ！　別の軟体動物が棲みついているみたいだ！）

少ない女性経験ながら、かつて味わったどの快楽よりも深くて猥褻に思える。

純玲の腰遣いに圧倒され、ただただ肉体的な情欲に流されていく。

「あふぅ、んん、んふぅん……。お腹の中が、一平くんのおち×ちんでいっぱいになって切ないくらい……。はちきれそう！」

よほど辛くなったのか、上下に動いていた細腰が、一平の腰部にぺたりと密着した。

それでもなお喜悦を追うように、石臼《いしうす》を挽《ひ》くような回転運動に変化する。

熱膣の中で肉棹がゴリゴリと擦られ、鋭い快感が湧き上がる。

「純玲さん、エロすぎます！　いやらしい腰つきが……うあっ！　ぐふううぅっ」

湧き上がる官能に耐え切れず、恋菜の陰核を吐き出して、一平は野太い声で喘ぎを漏らした。

「ああん。ダメぇ。止めちゃイヤよ。お願い、もっと嬲《なぶ》って……。恋菜もう少しでイキそうなの……。ねえ、もっとおサネを捏《こ》ね繰《く》り回して……！」

むずかるように美女医が首を振り、さらなる悦楽をおねだりする。

絶頂の兆《きざ》しが肉の狭間にさんざめいているのだろう。見上げるとその貌は真っ赤に紅潮しながら強張っている。

ならばとばかりに、今一度牝唇を口腔で塞ぎ、滴り落ちる淫汁をぢゅるぢゅるぢゅるっと吸い付けた。

包皮から剝き出しの陰核に手指を運び、蜜液にふやけた指腹で、堅く膨れた蕾頭をクニクニと責め立てる。

「くふぅんっ。んぁあ、あはぁぁっ……」

一瞬で一平の心を鷲摑みにしてしまうほどふしだらな牝啼きを恋菜が晒した。

豊満な腰をぶるぶるっと震わせ、どっと淫液が吐き出される。先ほどまでの粘っこい汁とは違い、さらさらとしていながら潮気を増した本気汁だ。

「あひっ、ひぅ、恋菜のおサネ弾けそう……。ああ、ねえ、気を遣《や》りそうだわ！」

「あぁぁ、一平くん。純玲も、もうダメぇ。イッちゃいそうなの……おほぉおおおおぉっ！」

兆した純玲のくびれた腰が、さらに忙しなく動いていく。円運動に加え、前後にくねるような不規則な運動も加わり、肉悦に女体全体がわななないている。

（ぶふぅ……。二人同時にイクなんて興奮しすぎて、頭がおかしくなりそうだ！）

一平も、ぐいぐいと腰を突きだし、肉棒を女壺に出入りさせる。

ヌチャ、クチュン、と粘っこい水音が猥褻にボリュームを上げていく。たまらずに一平は、恋菜の膣口をぢゅぢゅびぢゅーっと強く吸い付けた。

「きゃううっ！　あぁそんな、そんなに強く吸わないでぇ……。ダメ、ダメ、ダメああ、気を遣るぅぅ……！　恋菜、果てちゃうっ！　はあぁぁ〜〜っ！」

肢体を痙攣させた微熟女の蜜腰が、びくびくんと悩ましいエンストを起こす。夥しい蜜汁を吹き零し、美女医が絶頂に達した。

つられるように美人看護師もイキ恥を晒した。

「んひぃっ……ねえ、おま×こ、イクっ！　純玲、イク、イク、イクぅぅ～っ！」

悲鳴のような淫声をあげ、純玲の細腰がぶるっと震えた。

夥しい淫汁を一平の腹の上にビチビチと吹き零しながら、絶頂の高みへと昇り詰めるのだ。

蕩けるほどの官能が、四肢の先まで行き届いたのだろう。甘美な愉悦に美貌が潤み蕩けている。

凄まじい悦びに打ち震えていた二つの美麗な女体が、ふっと弛緩《しかん》してそのまま床に崩れ落ちた。

8

部屋中に艶めいた匂いが充満している。

二人の美女が、甘い吐息をまき散らしているのだ。

艶肌から流れ落ちる汗や秘苑から滴る蜜液も、ねっとりと悩ましく一平の鼻腔をくすぐっている。

濃密すぎるほど艶濃な発情臭に、一平は狂おしい興奮に血を湧き立たせている。

純玲の膣中に打ち漏らさずに済んだのは僥倖《ぎょうこう》以外の何物でもない。お陰で恋菜の女陰も味わうチャンスを確保できた。

先ほど二人の口淫で一度果てているからこそ、やせ我慢を辛うじて保てた。

けれど、己が分身はギンギンに勃起して痺れて、余命いくばくもないことを切実に伝えている。

「恋菜先生。俺、先生ともしたいです。でも、きっともうそれほど持ちません。挿入した途端に暴発するかも……。それでも、俺、先生に挿入《い》れたいです！」

もしかすると、こんな機会は二度と訪れないかもしれない。その想いが、恥も外聞もなく、思い切った求愛をさせた。

「私も……恋菜も、一平くんのおち×ぽが欲しい！　大丈夫よ。イッたばかりのおま×こだもの。挿入《い》れられたら、またすぐに気を遣ってしまうわ。一平くんこそ、それでよければ……」

未だ絶頂の余韻に身を浸しながらも、美女医が一平を求めてくれた。それも一刻も待てないと言わんばかりに、側にあった一平の手を握り、強引に引き寄せてくれるのだ。

「恋菜先生っ！」

横臥《おうが》する裸身に引き寄せられ、そのまま一平は豊麗な女体に覆いかぶさる。

「もう、その先生って付けるのはやめて。さん付けもいらないわ。恋菜と呼び捨てにして欲しい」

艶冶《えんや》に微笑む美女医の右手が、今度は肉柱に伸びてくる。猛り狂う肉幹を捕まえると、一平の腰に美脚を絡めて自らの牝孔に導いてくれる。

「れ、恋菜……っ」

「ああ、うれしい。恋菜も純玲さんみたいに一平のおんなにして」

甘く囁く朱唇が、そのまま同じ器官に触れてくる。

ちゅちゅっと軽く重なり合ってから、心を許すように熱烈に口づけされた。

「ううっ、れ、恋菜ぁ……。んふぅ、ちゅぶ、むふぅ……っ！」

「いいわよ。このままきても……。恋菜のおま×こにい・れ・てっ！」

口づけと同時に、膣粘膜と亀頭粘膜も熱く触れあっていた。僅かに腰を押し出しさえすれば、挿入が開始されるほどに。そして、そのまま極自然に、ぬるりと亀頭先が膣口を潜った。

一平から挿入したという感覚はなく、恋菜にしてみればまるで自分から迎えにいったかのような感覚で、「うっかりスルッと挿入《はい》っちゃった！」という感じだ。

これほど穏やかにセックスをはじめた経験は一平にはない。

けれど、切っ先が嵌った途端、凄まじい快感に襲われたのも事実だ。肉厚な膣口がきゅっと窄まり、挿入途中の肉幹を甘く刺激してくる。

みっちりと詰まった膣肉が、屹立のあちこちに擦りつけてくる。肉壁のツブツブが男根を受け入れる感触が気色いい。ぞわぞわするような細かい快楽の流れが、一粒ずつの突起から流しこまれるかのようだ。

しかも微熟女の蜜壺は、内部構造が酷く複雑で、何十にもつづら折りにうねりくねっている。純玲ほどの狭隘さはないものの、その分柔軟である上に膣の天井の肉壁がまるでカズノコのようにザラザラして、しきりに一平の上ゾリを擦るのだ。

天にも昇るような快感とは、正にこのこと。それこそ挿入するだけで射精しそうになるほどの具合のよさだ。

やるせなく押し寄せる射精衝動を、もうしばらくは恋菜と結ばれていたい一心で、ぐっとやり過ごした。

「恋菜の膣中《なか》、ヤバすぎるっ。ぐわああ、おま×こが動いている……っ！」

純玲の女陰もそうだったが美女医の意志とは無関係に、蜜壺が蠢いているようだ。

しかも、一度気を遣っている分、その蠢動は激しい。やわらかく咥え込んだまま亀頭部を飲みこんで離さないと自己主張するかのよう。その先端部から滲むマグマを一滴も取り零すまいとするように、キュンキュンと収縮を繰り返す。

「セックスなんて本当に久しぶり過ぎて、んんッ、うまくできるか不安だったけど……でも、あんッ、こ、こんなに気持ちがいいのねっ」

牝孔がきゅっと引きつり、膣肉が亀頭にまとわりつく。肉棹への擦りつけも甘く、心地よい締めつけが、一平の性感を追い立てる。

「んうぅぅっ！　や、ヤバイよ。本当にすぐに射精《で》しちゃいそう！」

呻く一平に、恋菜が腰に巻き付けた美脚をさらに引き寄せ、肉と肉を緊結させる。

「このまま膣内《なか》で射精《だ》して構わないわよ。ううん。ふしだらな恋菜のおま×こに一平くんの精子をちょうだい！」

ずっぽりと大きな肉塊を付け根まで呑み込むのは、それだけ奥行きが深いからだ。まるで皺袋まで呑み込まれてしまうのでは、と危ぶむほどだ。

「あはあっ！　こんなに奥まで貫かれるのは、はじめてよっ。一平のおち×ちん、恋菜の子宮口にまで届いているわ……」

微熟女が背筋をのけ反らせ、喜悦の叫びを漏らした。鈴口が子宮口にべっとりとくっつき熱い口づけを交わしているのが判る。

「ああ、お願い。キスして……。一平くんの熱い口づけが欲しいの！」

ねだる朱唇をねっとりと塞ぎ、その舌も絡め捕る。

ぶちゅぅぅっと熱烈に口づけを交わすと、抱き着いたまま女体が身悶えた。

クンニで達した肉体を昂ったまま抱かれているのだから、質量の大きな肉塊に敏感に反応してても無理からぬこと。

「ああ、熱いわ。一平くんのおち×ぽが熱すぎて、カラダが燃えちゃう……。でもなんて気持ちがいいのかしら。お願い、一平くん。もっと抱いて、ギュッと抱きながら、おま×こしてぇ……」

一平の首根にしがみつき、呆れるほどの媚声で甘えてくる。自分の方が年上であると意識しているからこそ、そんな風にデレたように甘えるのかもしれない。

微熟女の可愛いおんなぶりに見惚《みと》れながら一平は、両手で蜂腰を掴まえた。くびれたウエストは、左右の手指でつくる輪の中に収まりそうなほどの細さだ。

胸板にあたる乳房などは、カラダと体の間に大きなゴム風船を挟んでいるかの如き感触だ。しかも、その乳膚は残酷なまでにツルスベで、密着している部分から溶け出しそうになる。

超絶にいいおんなを抱いている充実感に浸りながらも、一平の獣欲は昂る一方だ。

「ねえ。恋菜。動かしてもいいかな？　俺、もう……」

いつまでもこうしていたい思いとは裏腹に、ついに焦れて懇願した。

「ああん、ごめんなさい。一平くんに抱かれるのがしあわせすぎて……。いいわよ。動かしても……。恋菜を燃えさせて！」

慈悲深く許してくれる美女医に、今一度、チュッと口づけをくれてから腰を動かした。

けれど、恋菜がみっしりと足を絡ませているせいで、それほど激しい腰捌きにはならない。その分、粘るような抽送《ちゅうそう》で蜜壺を捏ね、快美な愉悦を互いの肉にじわりと沸き立たせていく。

「ああん、き、気持ちいい……。うふぅ、んんっ、一平くんのおち×ぽ、なんて素敵なの……。あん、ああん、おま×こ蕩けちゃううっ！」

「そんなに気持ちいいの、恋菜っ……」

「はぁうっ、あっっ、あはぁぁぁ……あぅっ、んんぅうっ、き、気持ちいいっ……好きぃっ、これ好きっ……一平くんのおち×ぽッ、好きぃっ！」

微熟女は愛らしくそう囁きながらも、両腕ですがり、両脚で腰に絡みついてくる。

その窮屈《きゅうくつ》な状態で腰だけを動かし、鋭く肉棒を叩きつけると、女体がおもしろいように跳ね震えた。

「んぁっ、あはぁぁ――っ！　うっん、んふぅぅ～～っ！」

「この感じ……奥がいいのかな。純玲さんと一緒だね、恋菜っ」

二人の濃厚な交わりを、固唾を飲んで見守っている純玲が、自分の名前を呼ばれびくんと震えた。けれど、すっかり美人看護師は魅入られているらしく、密着してゼロ距離の交わりをなおも熱い眼差しで見つめてくる。

美女医もその視線を感じるらしく、意識しているからこそ余計に倒錯した官能に身を焦がしているようだ。

「ああん、いやぁ……。純玲さんと比べたりしないでぇ……。若くて美しい純玲さんと比べられたら恋菜に勝ち目などないのだから……。んぐっ、んふっ、ふぅぅっ……あっ、そっ、そこおぉっっ……んぅっ、そうっ、奥ぅぅ……おま×この、奥っ、うぅうっ……い、いいのぉぉぉ～～っ！」

禁欲の名の元に、この熟れた女体に、どれほどの牝欲を溜め込んできたのか。

抑圧《よくあつ》されてきたそれが若い牡を前にして、大きく爆《は》ぜている。

（ああ、だから恋菜からは、あれほどいやらしい牝臭がしていたのか！）

今更《いまさら》の如く思い当たった一平は、至近距離でその匂いを肺いっぱいに吸い付けて、肉棒をビク、ビクッと脈動させた。

「可愛いよっ、恋菜っ！　それに物凄くエロい匂いがしちゃってるよ‼」

耳元でボソリと囁き、一平のほうからも力強く女体を抱きしめると、媚膣が感極まったように何度も震えた。

「んくっ、くふぅっ……あはぁっ、やぁっ……あんっ、そんな……また、匂いを嗅いでいるの？　はぁっ、恥ずかしい、わぁ……一平くんっ……あっ、あんっ！」

わずかに緩く感じるのは、純玲の食い締めるような膣圧と比べるからで、人後に落ちるわけではない。しかも、どこまでもやわらかく、ねっとりと味わうように肉棒をしゃぶる美女医の肉膣は、どこもかしこもが性感帯でもあるらしい。

ゆっくりと腰を退《ひ》かせ、空いたスペースだけ再び押し込み——あるいは、密着した状態から腰を捏ねまわしても、微熟女は声高《こわだか》に嬌声を響かせ、腰をよじる。

その反応が嬉しいのと同時に、若牡の嫉妬を煽ってならなかった。

「セックスに溺れたこともあったと言ったね。この具合も、感度も……全部、その時に仕込まれたのっ？」

おんなの過去に嫉妬する男など最低だと思っていた。けれど、その一平が、やわらかい女体を腋の下から手を回して包み抱き、頬を擦りつけるように密着させて、たまらずそんな言葉を口にしている。

そんな嫉妬を禁じ得ないほど、恋菜はいいおんなであり、すっかり自分が本気になっている証でもある。

その相手を揶揄《やゆ》するように一平は囁き、今まで以上の力強さで腰を叩きつけ、膣穴を最奥まで抉《えぐ》る。

美女医の過去を、姦通だとなじるように。

「そうなんだろっ、恋菜っ……答えてよっ！」

「んっあぁぁっ、ゆ、許してっ！　あん、あぁんっっ！　過ぎたことなのっ、淫らな恋菜を許してっ！」

一平が求めている返答とは、明らかに違っている。謝罪など求めてはいないのだ。

その美しさに一目で惹かれ、それが愛情に代わりはじめているからこそ、自分でも、どうしようもない感情が湧いてきて、それを持て余している。

「許せないよ。恋菜がこんなにドスケベま×こだなんて。欲求不満を持て余したら、また他の男を咥えるの？」

「あぅっ、し、しないっ、そんなことしないわ……。一平くんが恋菜のドスケベな本性を嗅ぎ当てたから……だから、恋菜は……ひうん、あっ、あぁん……っ！」

牝啼きしながら否定する微熟女に、ようやく一平は満足できる答えを得られた。

「じゃあ、約束してよ！　恋菜は俺だけのものになるって……。いつ何時《なんどき》でも俺が求めたらセックスに応じてくれるってっ！」

さらに理想的な言質《げんち》を得ようと、浮かせた腰を真上から叩きつけるようにして、体重を乗せたピストンを繰り返す。

そのたびに美女医は媚脚を跳ねさせ、爪先までピンと伸ばして肉悦を貪りながら、膝と両腕を使い、懸命に一平にすがりついてくる。

「や、約束するわ。恋菜は一平くんだけのものよ。身も心も一平くんのもの。好きにしていいわ。だから二人でいるときだけは、恋菜を淫らでいさせて……。セックスに溺れさせて欲しいの……」

予想以上に嬉しい答えを得て、感動のあまり一平は抽送を止めた。その頬に愛しげに美女医の両手が添えられ、膣孔で跳ねた肉棒をねっとりと締め付けてくる。

「恋菜と結婚して欲しいとか、責任を取ってとかなんて言わないわ。歳の差もあるから世間が許すはずがないもの。けれど、ふたりでいる時だけは、恋菜はあなたの秘密の妻にして……それじゃダメかしら？」

「いいと思うわ。先生と一平くんが秘密の夫婦なら、純玲は恋人にしてもらおうかなぁ……。うふふ。愛人さんとかでも構わないけど」

一平が答える代わりに、横合いから純玲が声をあげた。

すっと二人の側に近寄り、例のコケティッシュな笑みを浮かべている。

「治験協力者から夫に格上げかぁ……。一緒に愛人までできちゃった。でも、それが恋菜と純玲さんなら望むところです」

腹を決めた一平は、仮初《かりそめ》の妻の両脚の拘束を撥《は》ね退《の》け、ここぞとばかりに荒々しいピストンを繰り出した。

「あああああぁぁぁんっ。あんっ、あはああぁぁっ。あなた、そ、そんなに激しくっ……、お、おま×こが捲《めく》れちゃいますぅぅぅぅ～～っ！」

恋菜が一平を〝あなた〟と呼び、敬語に改めたのは、一平の妻としての自覚を持ったからであろう。

「ああ、恋菜先生、気持ちよさそう！　一平くん、その調子よ。ほら、もっとそのおち×ちんで先生をイカせちゃいなさい。新妻をしあわせにしてあげて！」

「わ、判ってる。ほら、恋菜、イクんだ……。俺のち×ぽを深く刻みつけるから……俺の新妻っ！　俺の恋菜……」

一平は上体を起こし、繋がったまま微熟女の足首を捕まえて高く掲げた。自然に美尻が持ち上がる。キュッと括《くび》れた腰からヒップへと続くラインは、見事に熟れが及び扇情的なまでにいやらしい。

その足首を美女医の頭上へと押し倒し、屈曲位へと移行させた。

「ああ、いやです。こんな恥ずかしい恰好。浅ましく咥えているおま×こが丸見えになっちゃいますう……」

その言葉通り、濡れた女裂にずぶりと肉柱が埋まっているのが丸見えになっている。背筋が粟立《あわだ》つほど淫靡な光景だ。すでに肉棒の内側には、今にも爆発してしまいそうなエネルギーが満ちている。

「くああ……締まってるよ、恋菜ぁっ！」

「んあぁ……恥ずかしすぎます……こんなの……はじめて……」

賢い彼女の言葉を鵜呑《うの》みにはできないが、そう言ってくれるのは嬉しい。

昂る想いをそのままに肉棒を深々と突き入れ捏ねてやる。ぐちゅんと淫猥な音がした。

「あはあああああぁっ！　くふぅっ、ううん。おま×こ痺れますぅぅっ！」

「ぐふうううぅっ。き、気持ちいいっ。ち×ぽがジンジンするぅぅっ！」

同時に、ふたりが歓喜の悦啼きをシンクロさせる。

「もうっ！　先生も一平くんもいやらし過ぎよ。妬《や》けちゃうじゃないのぉ！」

「だ、だってぇ。き、気持ちいいのだものぉ……。純玲さん。私の夫のおち×ぽ、とっても凄いのよぉ……っ！」

同性の純玲にセックスを見られる恥ずかしさより、一平の太竿を独占している嬉しさの方が勝るのだろう。おんなとしての優越感と若牡に屈服させられる被虐《ひぎゃく》とが入り混じり、全身を甘い歓喜で震わせている。

「あううっ。あなた、ください。恋菜の淫らなおま×こに、あなたの淫汁をっ。じゃないともう気を遣ります。恋菜は、あなたの妻なのだから、その子胤《こだね》で孕《はら》むのも務めです。どうぞ注いでくださいぃ……っ！」

恋菜が自ら太ももを抱え込み、「ここに」と捧げるように腰を突き上げた。一平は嬉々としてそこに牡棒を深挿《ふかざ》しして、子宮口を強打する。

途端に甘痺れした膣肉からクリームほども粘度の高い蜜汁がドプッと溢れ出る。

「いいよ！　恋菜最高だぁっ！　ああ、恋菜ぁっ！」

一平の興奮は最高潮にまで達している。

我が妻となった恋菜は、れっきとした医師であり、分別盛りの大人のおんなで、学生の一平などには、高嶺《たかね》の花も甚《はなは》だしい存在だ。その彼女が、自発的に大きく開股して秘所を突きだし、肉棒に貫かれては喜悦に喘いでいるのだ。

「ああ、あなた……。お願いです。もっと突いてくださいっ！　もっと、ねえ、もっとしてください！」

艶っぽい眼差しに求められ、一平の抽送が暴走した。激しい抜き挿しを繰り返し、肉棒を反り返らせる。

肉傘で本気汁を掻き出しては、折り曲げられて行き場を失いかけている豊満な乳房に滴らせる。

「はあぅぅっ……あああ、いやぁっ！　お汁が止まらないぃぃっ！」

尿道がちりりと焦げたようになり、抗《あらが》いがたい絶頂への欲求が込みあげた。

「ああああっ……だめですっ！　そんなにされると……気を遣ってしまいそうですっ……あはぁ、本当にダメです。イッちゃいそう」

「それなら……一緒に……」

「いいんですね。あああ……すごい……んうぅぅ！」

「先生のおま×こ、うれし涙を流しているのね。夫婦の契《ちぎ》りができて悦んでいるのですね。おめでとうございます。せんせっ！」

うっとりとした表情で純玲が祝福の言葉をかけてくる。

その言葉に反応して、尿道が一気に発火した。睾丸がせりあがり、全身に震えるような快感が満ちていく。びくんと女体が引きつった。一平の射精衝動を肉の狭間で感じ取ったのだろう。牝壺がぎゅっと引き締まり、膣肉が肉柱にからみつく。

「ぐわああっ。恋菜っ、射精《い》くよっ。ああぁ、射精《で》るっ！」

「ああ、あなた。射精《だ》してください！　恋菜も果てますぅ……あっ、ああ、気を遣《や》るっ！　あっ、ああああああああああぁぁ〜〜っ！」

激しい抜き挿しに、ついに媚肉が燃え尽き、女体が快美な痙攣に身を委《ゆだ》ねている。

恋菜が達しようとしているのは、誰の目にも明らかだった。

「もう少しよ。恋菜先生。あと少しだけイキ我慢してください。一平くんの精子を受け止めるまで待ってあげて。ほら一平くんも、早く恋菜先生をラクにしてあげなくちゃ！」

参列する純玲の声を頼りに、必死に意識を保っている美女医。奥歯を噛みしめ自らの太ももを鷲掴み、じりじりと脳髄を焼き焦がす官能に耐え忍んでいる。

「んふぅ、んふぅ……。あっ、ああ、早くしてください……お願いですから……。狂う。狂っちゃうぅっ！　ああ、あなた早く、お射精をぉぉっ！」

「ぐふうっ。遅れてごめん。恋菜のイキ我慢するいやらしい貌が、あまりに官能的すぎたから、ヤセ我慢しちゃった。でも、もうダメだ。本当に射精《だ》すよ。れ、恋菜っ、恋菜ああああああぁっ！」

雄叫びと共に、どくんと肉棒が引きつった。熱い潮流のような快感が、背筋を駆け抜ける。腰をぐっと前に突きだし、切っ先を根元まで新婦の女壺に埋めた。

苛烈な勢いで精液が尿道を迸《ほとばし》る。ドップと破裂するような発射音を確かに聞いた。男根を引き搾《しぼ》るたび、全身が粟立《あわだ》つような快感をおぼえた。

「あああああぁぁんっ！　はふぅ、はふぅぅぅっ。いいぃぃ、イクぅっ！　イク、イグぅっ！　おま×こイグぅぅっ！　おほおおおおぉぉんんんっ！」

イキ我慢から解放され、牝悦が一気に爆発したのだろう。強烈な絶頂波に身も世もなく女体を身悶えさせ、恋菜は淫らに牝啼きしている。

「ああん。一平くん。おめでとう。新妻をイカせたわね。もう、本当に見せつけてくれるのだから……。でも、祝福してあげるわ」

未だ震える吐息を漏らしながら、最後の一滴まで噴き出させ、子宮に注ぎこんでいる一平。仰向けに横たえた恋菜越しに、牡獣の顔を摑み純玲が唇を重ねてきた。

さらには舌まで絡め、祝福というにはあまりに長く、嫉妬交じりの口づけを交わしていく。

「んちゅ、ちゅぷ、んふぅ。ねえ、一平くん、どうだった。新妻のおま×こは？」

赤裸々に尋ねる純玲の瞳には、やはり悋気の焔《ほのお》が見え隠れする。

「ど、どうって……。んふぅ、ちゅぶ、ふぅぅんん……」

答えに詰まる一平の舌をさらに純玲が舐め啜る。

どのくらいそうして、激しいセックスの名残《なごり》に浸っていただろう。ほんの数分だったようにも、一時間くらい経ったようにも思えた。

ようやく唇から離れた純玲が、蠱惑的《こわくてき》に唇をほころばせる。

「今度は純玲に……子種を注いでください」と囁かれる。

途端に漂う甘い牝臭に、一平の股間がピクリと反応した。

「ほらあ、今度はこっちから愛人のおま×こを突くのはどう？」

雌豹のポーズで挿入をおねだりする純玲に、際限がないと苦笑しながらも、即座に反応した肉棒を突き立てていくのだった。

第二章　快楽に鳴くふしだら人妻

1

「あいたたた。さすがに腰に違和感が……。太陽が黄色いものなぁ……」

まだ朝のうちだというのに、青く高い空に白い入道雲が湧き上がっている。

「くーっ。今日も暑くなりそうだなぁ……」

真夏の太陽が照り付ける中、一平も全身が溶けてしまいそうだ。

けれど、それは夏の暑さのせいばかりではなく、つい先ほどまでおんなたちの熱い情に蕩かされていたからだ。

はじめて恋菜のマンションを訪れた日から既に半月が過ぎていた。あれから一晩たりとも欠かさず一平は、美女医の元を訪れては、新婚のような甘い時間を過ごしている。

季節は夏本番となり、連日殺人的な熱帯夜が続いているが、うだるような暑さの中でも美女たちを抱くのは苦にならない。

時には、恋菜とふたりきりで夫婦水入らずのように。時に純玲も交えて、ハーレムに君臨する王のように。そして時に、恋菜が気を利かせ、純玲とふたりきりの時間を過ごしたりもしている。

それをいまどきの言葉で説明すれば、〝メタバースに迷い込んでいる感じ〟だろうか。

いわば別次元の仮想空間でのみ結ばれた夫婦であり、愛人関係として成立している感覚なのだ。

役を演じているのとも違う気がする。恋菜のマンションというメタバースに足を踏み入れた途端、三人共に新婚夫婦と愛人として本気で振舞っている。

けれど、仮想空間限定の関係だから、一平の立場は不確かなものに過ぎない。一歩、仮想空間から出た途端、単なる患者もしくは治験協力者に戻ってしまうのだ。

いまのところは、ふたり共に奔放にカラダを開いてくれるが、この先もずっと彼女たちがメタバースを存続させてくれるつもりかどうか。もっと言えば仮想空間を現実世界に繰り上げてくれる時が来るのかどうかが常に不安なのだ。

厄介《やっかい》なのは、一平の心の深いところに恋菜と純玲が棲みついていることだ。

考えれば考えるほど怖くなり、一人になると思いつめてしまう。心の安定を保つためにも、一平は自分が学生であることを言い訳に、この仮想空間にひたすら溺れようと決めていた。

そのはじまりは、お決まりのようになっていた。まずは治験協力と称して、おんなたちの肌の匂いを嗅いでは、その匂いに近いものを探す作業。それも彼女たちは裸になって嗅がせてくれるから、すぐに淫靡な匂いが部屋に充満し、今度は牝フェロモンに近い匂いのモノを探すことになっている。

「ああ、やっぱり恋菜のおま×こが一番、牝フェロモンを濃く匂わせているかな……。エッチしたくてたまらないって感じ……。この間、嗅がせてもらったジャスミンに近い匂いかなあ。でももっと生々しくて、甘酸っぱくて……。ああ、また頭の芯がクラクラしてきた」

あくまでも治験作業は三人が集まるお題目でしかないから、すぐに互いに肌を重ねることになる。

結局、舞台を恋菜の寝室へと移し、入れ代わり立ち代わりに、明け方まで饗宴は続くのだ。

匂いに反応しているせいか、一平の性欲はとどまるところを知らない。ただでさえやりたい盛りの若く逞しい牡肉は、ふたりの美しいおんなたちの麗しい媚肉をもってしても収まりがつかないほどなのだ。

けれど今や、健気《けなげ》に相手をしてくれる恋菜を脱水症状になるほど潮吹きさせ、返す刀で純玲が失神するまでイキ狂わせるほど宴はエスカレートしてしまっている。自分でも「これは何とかしないと……」と思うようになっていた。

「あなたは若いのだし、恋菜のことは気にせずに遊んできてもいいのですよ。これも感染症の後遺症の一つと諦めますから……」

「純玲も賛成するわ。一平くんのおち×ちんが枯れるまで面倒を見てあげたいけど、昼間は仕事もあるし……」

ふたりからそう勧《すす》められ、一平は能天気に授かったこの能力をナンパに役立ててみようと密かに決めた——。

「うーっ。シャワーを浴びさせてもらえばよかったかなあ。でも、どうせすぐ汗臭くなるものなぁ……。にしても、こんなに鼻が利くのに、あいかわらず臭いのとか嫌な匂いとかは気にならないのが不思議だなあ」

恋菜は、一平の鼻は全ての匂いを嗅ぎ取っているのだが、生理的に受け付けない匂いは無意識のうちに脳がシャットアウトしているらしいと言っていた。

さらには鋭い嗅覚に体と脳が順応したのか、いまでは行動不能になるほど匂いに狂わされることもなくなり、鼻に詰めていたティッシュの栓も必要なくなっている。

「それが自然だと思うわ。じゃないと、きっと生きていけなくなるもの。悪くすると気が触れちゃう」

美女医はそう言っていたし、そのメカニズムはよく判らなくとも、事実、嫌な臭いは感じないのだから、一平としてはそれでいい。

「どうせだったらいい匂いに囲まれていたいものなあ……」

そうつぶやくと、またぞろ昨夜の匂いの記憶が鼻先に蘇る。

恋菜と純玲の妖艶な裸身が思い浮かび、一平は背筋をぶるぶるっと震わせた。

「このまま大学に行くか……」

本気でナンパをするなら繁華街か海にでも繰り出すべきなのだろう。けれど、夏休み中に仕上げなくてはならないレポートがあり、そのための資料を取りにゼミに顔を出さなくてはならない。

合コンならいざ知らず、キャンパスでナンパするのは気が進まないが、どこに出会いが転がっているかは判らない。

そう決めて電車に乗ると、通勤ラッシュの時間帯を過ぎていることもあり、乗客はまばらだった。

「ふーん。恋菜たちのお陰で充たされているせいかな……。エッチな匂いも気にならないや」

空《す》いているとは言うものの電車内に人影がないわけでもない。中には、年頃の女性客もちらほら。けれど確かに、甘く饐えた匂いはするものの、それほど一平の官能を刺激しないのだ。

これはと思う美人もいるにはいるが、食指が動かないというか、センサーが働かないというべきか。しっかりと匂いを感じているから、鼻が利いていないわけではない。

「やっぱり満たされているからだろうな」と、深くも考えずに、そのまま電車を降りてキャンパスへと向かった。

僅《わず》かな距離を歩くだけで、ぷっと汗が噴き出る。

その汗をぬぐいながら校門をくぐると、意外に人影が多いことに驚いた。

（あれっ？　もっと閑散としているかと思ったけど……）

夏休み中にもかかわらず、キャンパス内は学生で賑わっている。

ベンチに腰掛け談笑する者、木陰で読書をしたりスマホを覗いていたりする者と、思い思いに時間を潰している。

「暇人ばかりが集まってる感じだ……」

見慣れたいつもの光景が、今の一平には色褪《いろあ》せて見えた。

それもこれも恋菜と純玲との関係が、少なからず影響しているのだろう。

あまりに濃密な時間を過ごすうちに、知らぬ間に自分だけ大人になってしまったような感じだ。

ゼミ室に向かう道すがら、二人組のおんなの子を複数の男が囲み、誘いだそうと四苦八苦していた。

つまらない時間の潰し方をするよりは、よほどこちらの方がましに思えるが、彼らには彼女らの歓心を買うのは難しそうだ。

(おんなの子が引いてることに、気づいていないんだ……)

曖昧《あいまい》に微笑んではいるものの、一向におんなの子たちにはその気がない。

彼女たちが少しでも好意を持っていたら、もっと甘い匂いがするはずなのだ。

そもそも野郎どもが複数で取り囲む時点で、怖がらせているのだから、いくら会話で興味を引こうとしても、所詮《しょせん》ムダな努力でしかない。

脇を通り抜けるだけで、一平の嗅覚は結果を嗅ぎ取っている。

（そっかあ。俺も友達に混じって、あんなやり方してたっけ……。そりゃあ成功しないはずだ……）

人の振り見て我が振り直せではないが、同じ轍《てつ》を踏まないよう肝《きも》に銘じた。

（でも、まあ、この鼻があれば無敵かも……。おんなの子がいい匂いを放てば、それがＯＫの合図だものなあ……）

要するに、一平を前にしていい匂いをさせる女性を見つけさえすればいいのだから楽勝に思えた。

自然に湧いてくる笑みを抑えながら、さらに足を進めると、隣接するテニスコートから、ポン、ポンとボールの跳ねる音が聞こえてくる。

「ご苦労さんだねえ。このくそ暑いのにテニスか……」

白いテニスウエアに身を包んだ数人の男女が、黄色い硬式球を追いかけている。

「一平く〜ん！」

そのテニスコートから一平に手を振る女性の姿があった。

「えっ？　あっ！　宮前《みやさき》先輩！」

軽やかな足取りでこちらに駆け寄るその姿に、途端に一平の心臓が鼓動を早めた。

「どうしたの一平くん？　ゼミは休みに入っているわよ。何をしているの？」

息を切らし、胸を押えて華やかな笑みを浮かべる完全無欠の眩い美女。一平と同じゼミに所属する一期先輩の宮前杏里《あんり》だ。

「何をって……。ぼ、僕は、レポートのための調べ物が……。准教授に資料を見せてもらう約束になっていて……」

いつもなら〝俺〟で通す一平なのに、彼女の前では柄にもなく〝僕〟になってしまう。少しでも彼女に好印象を持ってもらいたい表れだ。

(あぁ、やっぱ杏里先輩って、ちょっと他にはいないくらい異常な可愛さだよな。しかも、可愛いだけじゃなくて美しいんだから、最強だよ！)

大げさではなく彼女の周りには、光り輝く美女オーラが見えそうなほど、杏里は可憐で美しい。

昨今のご時世か、ほとんどの大学ではミスコンの開催を禁止している。

けれど一平の大学では、学生たちの自治の意識が強いこともあり、未だにミスコンが開催されている。歴代のキャンパスクイーンは、誰もがいい就職先に恵まれていることから、女子たちからも開催を望む声が少なくないそうだ。

そのミスコンで杏里は、二年連続ぶっちぎりの人気でキャンパスクイーンに選ばれている。

どちらかと言えば、ようやく少女時代を卒業したばかりと思わせる甘い顔立ちながら、それでいて凛とした内面の強さがキリリと顔に滲《にじ》み出ている。

恐らくその印象は、くっきりとした二重瞼《ふたえまぶた》に彩られた瞳が抱かせるものだろう。やや白目部分が多いせいか、清楚な印象も持たせてくれる。

しかも、その瞳には特有の引力があり、即座に相手のハートを鷲掴みにするほどの目力《めぢから》なのだ。

やや薄めながらもぽちゃぽちゃっとした桜唇は、いかにもやわらかそうで、官能的な趣《おもむき》。見ているだけで切なくなるようなその唇には、愛らしい子供っぽさと、大人びたツヤを見事に同居させている。

その鼻梁には、すっと鼻筋が一本通っていて、凛とした清々しさを匂わせる。

丸く秀でた額やラインのやわらかなアーチ眉にも、繊細な女性らしさが窺《うかが》えた。

それら一つ一つでも魅力的なパーツが、卵形の輪郭《りんかく》に絶妙の配置で散りばめられているのだ。

しかも、彼女の美人要素は、それればかりではない。

子供肉のすっきりと落ちた頰の稜線やゆるふわのレイヤーカットの髪が繊細にかかる白い首筋など、そのどこもかしこもが、ふるい付きたくなるほどに〃いいおんな〃を振りまいていた。

そんな彼女が他愛もなく駆け寄ってくるのだから、一平ならずとも多少おかしくなるのは当然だ。

「せ、先輩こそ何を……？」

何をもないもので、純白のテニスウエアに身を包んだ姿を見れば、何をしているか判る。けれど、まさかここで杏里に逢えると思っていなかっただけに、上手く頭が回っていなかった。

「うふふ。私はテニスサークル。本当は合宿を予定していたのだけど、ほら例の自粛でね……。それで今日は、ここで練習を……」

例のとは、無論、感染症の影響だ。ようやく収まりつつあるとはいえ、合宿などには、いまだ大学側が難色を示している。ゼミの合宿でさえそうなのだから、サークルはもっと難しいのだろう。

「この暑さの中、大変ですね」

「うん。そうなの。でも、もうすぐ最後の大会があるから……」

一平より一つ上の三期生の杏里だから、既に就活も忙しいはず。それでも最後の大会に向け、気を抜かないあたりが彼女らしい。

「そうなんですね。頑張ってください。それにしてもやっぱ、宮前先輩はスタイルいいっすね。テニスウエアがめっちゃ似合っています」

一平にしては珍しく、女性への褒め言葉がスラスラと出てきた。

本来は、照れ屋でシャイな性格が災いして、おべっかやゴマすりが苦手な一平だが、彼女へのその言葉は掛け値なしの本音であるだけに、すんなり口をついて出た。

恋菜と純玲に接するうちに、いつの間にか美女に対する免疫《めんえき》ができたこともあるのだろう。

むしろ意外であったのは、杏里の反応だ。

「えっ？　やだ、もうっ！　一平くんたら、突然何を言い出すの？　恥ずかしくなるじゃない……!!」

正直、二年連続でキャンパスクイーンに選ばれるほどの杏里だから、男たちからちやほやされることも、その美貌を褒められることにも慣れているはずだ。

にもかかわらず、まるで生娘《きむすめ》が裸を見られたかのように、ポッと頬を赤らめ、しきりに照れている。

途端に一平の心臓が、キュンと弾けた。それも瞬殺での悩殺だ。

(ああ、先輩が、か、カワイイ……っ!)

天使が降臨したかの如き可憐さに、一平はトロトロに蕩けている。

上はノースリーブのシャツ、下はプリーツスコート。そのどれもが純白なテニスウエア姿は、オーソドックスなスタイルでありながら、どこまでも清純さを際立たせる上に、健康的な色気を醸し出している。

レイヤーカットの髪をポニーテールにまとめ、繊細な首筋からも仄かな艶が滲んでいる。

モデル張りに身長が高くすらりとした細身の彼女。その薄いテニスウエアでは、高級スポーツカーのような流線型のフォルムは隠し切れない。

特に、高い腰位置からすんなりと伸びる長い脚は、すっきりと無駄な肉の落ちた細さなのに、むしろむっちりとした印象を持たせてくれる。テニス選手の足というよりも、すらりと長くてモデルのそれのようだ。

「あん。一平くんの視線、すごくエッチ……!」

一平の視線が、小麦色に日焼けした太ももにあることに気づいた杏里が、短いスコートの裾を手で押さえ、露出《ろしゅつ》させた太ももを懸命に隠そうとしている。

「ああ、すみません。ただでさえ先輩は美しいのに、その格好だと健康的な色気がダダ洩れになっているから……。でも、これじゃあセクハラですよね。本当にごめんなさい」

「ううん。そうやって謝られると……。あのね、一平くん……」

悪びれずに謝る一平に、杏里が何かを言いかけた時、背後から「宮前せんぱーい」と、杏里同様にテニスウエアに身を包んだ女子が声を掛けた。

「はーい。今行くぅ……！」とその女子に返事をした後、再びこちらにクルリと振り返る。揺れるポニーテールから、甘く切ない香りがたなびいた。

「ごめん。一平くん、コートが空いたみたい。わたし、行くね」

そう言い残し杏里が、コートへと戻って行く。その残り香に、一平の下腹部が敏感に反応した。汗の匂いに混じり、杏里の牝フェロモンを嗅いだ気がしたのだ。

「まさかね。杏里先輩が俺なんかを誘う匂いを……いやいや、ないない」

妄想が過ぎる余り、そんな匂いを嗅いだ気がしただけだ。

「ああ、でも杏里先輩の発情臭ってどんなだろう……。嗅いでみたいなあ！」

やるせない想いを抱えながら一平は、遠ざかる杏里の媚尻を陶然と見つめた。

2

「おかしい……。なんでこんなに上手くいかないんだ？」

ゼミでの用事を済ませた一平は、さっそくナンパをはじめた。

キャンパスで、思い思いに時間を過ごしている女子学生たちに近寄り、その匂いを嗅いでは、これはと見定めたおんなの子に声を掛けたのだ。

正直、一平の鼻を持ってすれば、楽勝でおんなの子をゲットできると思っていた。

夏という開放的な季節もあってか、発情臭を放つ女子学生も数人見つけたが、勇《いさ》んで話しかけると、途端に相手が冷《さ》めてしまうのだ。

直截《ちょくせつ》過ぎる誘いがまずいのかと、とりあえずお茶に誘ってみたり、カラオケに誘ったりと、手を変え品を変えてみたが、なぜか話はまとまらず玉砕を繰り返した。

(何が悪いのだろう。向こうから誘うような牝フェロモンを発する娘にまで断られるなんて……)

これほどのアドバンテージを有しているにもかかわらず、キャンパスの外に連れ出すことすらままならないのだ。

これでは、先ほど横目で見ていた男たちと、レベルは変わらない。

せめて食事くらいはと粘ってみたが、色よい返事をひとつも得られないのだ。

挙句《あげく》、手当たり次第に声を掛けすぎたせいで、「あなた、さっきも私に声を掛けてきたじゃない」とキレ気味に拒絶される始末。きちんと顔も見ずに、匂いだけで判断しようとするから、そんなミスもしでかすのだ。

意気消沈して一平は、今日のところは諦めてアパートに引き上げることにした。

実は、ここ三日ほど、アパートに帰っていない。

部屋の様子が気になると同時に、着替えを取りに行く必要もある。

下着やシャツを恋菜が買ってくれているが、ずっと甘えてばかりもいられない。

今夜は、夜間診療のある日で、ふたりが帰るのは遅くなる。

「じゃあ、大学から一度、部屋に戻ってから、夜遅くにここに来ることにするよ」

そう告げて出てきたのだ。

部屋に帰る道すがら、頭の中ではナンパで犯した自らの失敗をずっと解析していた。

少し冷静になってみると、自分のアプローチの仕方が悪いことに気がついた。

おんなを口説くにはムードづくりが大切だ。けれど、それは〝口説く〟ための鉄則であり、その前段階のナンパでは、相手の不信感や恐怖を取り除くところから入らなくてはならないのだ。

見知らぬ男からいきなり声を掛けられるのだから、おんなの子は警戒心でいっぱいのはず。その警戒心を解くことが、まずは第一条件なのだろう。

それには焦りの色を見せたり、ムリに二人きりになろうとしたりしてはいけないのだ。

普通に声を掛けて友達になるくらいのつもりでいなくては、ナンパの成功は覚束《おぼつか》ないのかもしれない。

しかも、相手は〝おんな〟なのだから、「あなただから声を掛けました」くらいの特別感を伝えないことには、友達としての連絡先でさえ教えてもらえないだろう。

例え発情をしていたとしても、こちらに好意を抱いていたにしても、ナンパを成功させるには、その警戒心の除去と特別感は必須なのだ。

（でもなあ、もしナンパに成功したとしても、その次の段階のムード作りもどうすればいいのか……）

思えば初体験の時には、彼女の方がそのムードを作ってくれた。次の彼女の時もそうだった気がする。

まして恋菜と純玲との時も、彼女たちがリードして淫靡な雰囲気が自然にできていた。

つくづく自分は、受け身ばかりであることに思い至り、自嘲《じちょう》した。

これではナンパなど上手くいかないのも当たり前だ。

「恋菜や純玲さんにこの話をしたら、きっと笑われるだろうなあ……」

それでも一平は、ふたりにこの話をせずにはいられないだろう。恐らく、その話を聞いたふたりは、ムード作りを教えてくれようとするはずだ。

「実地に手取り足取り、淫らに教えてくれるのだろうな……」

そんな愉しい妄想を思い浮かべているうちに、アパートの前にたどり着いた。

一平のアパートは、築十年と比較的新しい物件で、部屋数も１ＬＤＫと分不相応に恵まれている。

というのも、叔父が不動産屋を営んでいて、管理人代わりを務めることを条件に格安で住まわせてもらえているのだ。

一平の部屋は、一階の一番奥まったところにある。

「んっ。何か落ちてる……？」

一平の部屋のドアの真ん前に、まるで誰かがそこに置き忘れたかのように、薄っぺらな黒い小さな布状のものが落ちていた。

「えっ！　パ、パンティ……？」

手に取らずとも、その黒い布地が女性用の下着であると判った。独特の光沢を帯びた生地である上に、その縁にはレース飾りが施されているからだ。

拾うべきかどうか大いに迷った。誰かに見られたらとの思いと、誰のモノとも知れない下着を何となく不潔に感じたからだ。

けれど、あまりにもドストライクにドアの前に落ちているから、そのままにもしておけない。キョロキョロと挙動不審に辺りを見渡してから、恐る恐る摘まむようにして拾い上げた。

途端に、ふわりと漂う芳香に、どうやら洗い立ての下着が悪戯な風に攫《さら》われ、ここまで飛んできたのだろうと推察できた。

だからといって、これをどうすべきか。

考えあぐねた挙句、モノがモノだけに、これを手にしたままいつまでもこうして部屋の前で立ち尽くしているわけにもいかないと思い当たり、一平は大急ぎでドアを開け、とりあえず室内に持ち運んだ。

「さてどうする……？」

部屋に入ってからも、その下着の処置には困り果てた。

紙にでも包んで捨ててしまうのが正解と思うものの、落とし主に返せるなら返したいとも思われたのだ。

というのも、その下着は、見るからに手の込んだ刺繍《ししゅう》が施されている上に、やわらかな手触りも上等なシルク生地であると判ったからだ。

「おんな物だからよく判らないけど、きっとこういうのって高いよな……。だからって持ち主をどうやって探す？」

独りごちてから、ふと思いついた。

「もしかして匂いで何とかなるかも……」

警察犬が匂いで捜査するのと同じことが、いまの一平であれば可能な気がした。

「匂いのことで何か感じたことや、新たに分かったことがあったら必ず報告してくださいね……」

治験協力者としてそう恋菜に頼まれていたことを思い出し、この能力の使い道を探るのも一興と思えた。

ずっと摘まんでいたせいで不潔感は薄らいでいる。

思い切って下着を鼻先に近づけると、洗濯用の芳香剤が強く感じられた。

「やっぱその匂いがはじめにくるか……」

強い匂いが先に来るのは当然のこと。普通の嗅覚でも、その程度は嗅ぎ分けられる。一平は、さらに芳香剤の奥に隠された匂いを嗅ぎ取ろうと鼻を蠢かせた。

3

匂いを頼りに辿《たど》り着いたのは、何のことはない、同じアパートの住人の部屋だった。

(まさかこれが亜弓《あゆみ》さんの下着だったなんて……)

下尻《しもじり》亜弓は、一平がここに越してきたと同じ頃、夫婦で入居した人妻だった。一平とも顔見知りで、普通に挨拶くらいはする間柄。管理人代わりとして認識されている。

年のころは二十五～六とまだ若く、所帯じみた感じは微塵《みじん》もない。

それは、あどけなくも愛らしさを残した美貌のせいであるのだろう。

いまどきの若者の一平だから、カワイイ女性や美しいおんなの子は見慣れている。にもかかわらず、思わずその眼を奪われるほど亜弓は美しい。例えるなら恋菜や純玲に匹敵するほど美しく、杏里に負けないくらいカワイイのだ。

しかも、亜弓には、人妻独特の皮下から滲み出るような色気があった。

目はくりくりっとして大きい上に、わずかばかり左右に離れ気味なところが童顔の印象を持たせる所以《ゆえん》であろう。

大げさに言えば、小顔の大半をこの目が占めていると思えるほど。

鼻梁は、鼻背部から心持ち反るように流れてから鼻尖にかけて盛り上がるように高くなっている。鼻腔が小さく、鼻翼も広がっていない分、ここでも愛らしさを感じさせる。

肉厚の唇も、ぽちゃぽちゃといかにもやわらかそうで、ぷるるんとボリューミーだ。見た目にもセクシーにつやつやと潤い、思わずキスしたくなる唇なのだ。

それらのパーツが小顔の中に、絶妙の位置に整然と収まっているのだった。

（どうしよう。やっぱ、やめようか……）

手に亜弓のパンティを握りしめたまま、彼女の部屋のドアの前で行ったり来たりを繰り返す。

「これ、亜弓さんのモノですよね？　そこに落ちてましたよ」

何度も台詞《せりふ》をシミュレーションしたが、我ながら怪しさが拭い去れない。

考えすぎかもしれないが、下着泥棒が自責の念に駆られ、盗んだものを返しに来たとでも思われてしまいそうだ。

「でも、これって亜弓さんとお近づきになるチャンスじゃないのか？」

例え亜弓が人妻であっても、もう少し親密になりたいと思っていただけに、これは千載一遇の好機と思えるのだ。

散々逡巡した一平は、ついに思い切って亜弓の部屋のドアフォンを鳴らした。

「はーい。どちら様ですか……？」

ドアフォンから漏れる声に、心臓が一気に高鳴る。

「あの。川村です。一〇一号室の川村一平です！」

「ああ、一平くん。えーと、ちょっと待ってね……」

一平くんと呼ばれたことで、さらに心臓が早鐘を打つ。

はじめて対面した際に、「ここの管理人代わりの一平です。何かあったら気軽に声を掛けてください」と挨拶していた。

気安く名前で呼ばれたい下心で、そう言ったのだが、目論見《もくろみ》通り彼女は「一平くん」と呼んでくれている。

少し間があってからドアの鍵が外れる音がした。すぐに扉が開かれ、中から亜弓がひょいと顔を出す。

「こ、こんにちは……。一平くん。珍しいわね。何かご用かしら？」

その媚妻の格好に、ただでさえ鼓動を早めていた一平の心臓が一瞬だけ、急停止した。

亜弓はエロカワイイ美貌を紅潮させている上に、まるでサウナにでも入っていたかのように、玉の汗を浮かべていた。その色っぽさに、やられたのだ。

しかも、亜弓は、黒のキャミソールにジーンズ生地のベリーショート丈《たけ》のキュロットスカートと、ほぼ最小限の布地をカラダに纏《まと》うばかりで、素肌のほとんどをあられもなく晒している。

誰に見せるでもないルームウエアーなのだろうが、やや前のめりの胸元などはノーブラで、乳首までが危うく覗けてしまいそうなほど。

「こ、こんにちは。と、突然すいません」

さすがに上ずる一平の声に、亜弓はさっと自らの胸元に手を当てた。どうしてもそこに吸い込まれてしまう視線を敏感に感じ取ったのだろう。

「ごめんね。こんな格好で……。エアコンが壊れて動かないの……。電気屋さんを呼んでも忙しいらしくて、今日は来られないそうで……。そうだわ！　もしよかったら一平くん、見てくれないかしら？」

いくら色っぽい人妻とはいえ、まだ日の明るい時間に、その格好は油断しすぎと思ったが、なるほど理由が判り合点した。

「えっ？　あっ、ああ……はい、はい」

半ば強引に娟妻に、部屋の中へと招き入れられる。

正直、一平の手に負えるかは危ういが、「ご用があれば気軽に声を……」と言った手前、無碍《むげ》に断るわけにはいかない。

「うわぁぁ。確かに、この暑さでは大変ですね……」

通された居間は、サウナのような状態で、蒸し暑いことこの上なかった。

窓という窓は全て開いているのに、そよとも風が通らない上に、南向きの大きな窓が最高の日当たりの良さで、それが仇《あだ》となっている。

「これが、そのエアコンで……。一平くん、何とかなるかしら？」

藁《わら》にもすがる想いなのだろう。期待の色を浮かべた大きな瞳が、真《ま》っ直《す》ぐにこちらを向いている。

「えーとですね。じゃあ、エアコンのリモコンを貸してください」

各部屋のエアコンは、設置するもしないも居住者の自由となっている。

家主側は取り付け用の下地と室外機の場所を確保して、あとは配管用の穴を壁に空けてあるだけだ。

エアコンなどの家電製品は、各々《おのおの》で責任をもってもらう方が管理しやすいからというのが、その理由らしい。

幸い、亜弓の部屋のエアコンは、一平の部屋のものと同じメーカーだった。

もしかしたら、これなら判るかもと、手渡されたリモコンのスイッチを押した。

けれど、確かにエアコンはうんともすんとも言わない。

「ねっ。おかしいでしょう？　全然なの。昨日までは、ちゃんと動いてたのに」

なるほど亜弓の言う通りなら、どこかの故障かもしれない。けれど、一平は、とある事実に気がついた。

もしやと思い、リモコンの裏のふたを開け、中の電池をくるくると掌で回してやる。すぐにそのふたを閉じ、おもむろにリモコン本体に向けスイッチを押した。

途端に、リモコンがピーッと音を鳴らし、本体がピピッとそれに応えてから送風口が開かれた。

「ああ、やっぱり……。電池が切れかかっているみたいですね」

無事に解決できて面目躍如。鼻高々のドヤ顔で亜弓にリモコンを手渡した。

逆に、手渡された亜弓は、愛らしく美貌を顰《しか》め、しきりに恥ずかしそうにしている。

「やだぁ、電池切れだったの？　恥ずかしいわ……。私、とにかく家電とかに弱くって。でも電池だったなんて……」

「うちのエアコンと同じメーカーだったので気づいたのですが、リモコンのボタンを押すとピーッと音を発する仕組みになっているのです。それが鳴らないから、リモコンの問題かなって……。で、電池の買い置きはしています？」

首を左右に振る若妻に一平は「じゃあ、ちょっと待っていてください」と言い残し、自室に戻ると常備してある電池を片手に戻ってきた。

「部屋にあったので、これと替えておきますね」

手早く電池を取り換え、エアコンの動作を試してみる。

温度設定を三度下げ、風量も幾分大きくして、蒸し蒸しの部屋の温度を下げた。

「ごめんねえ。電池くらいの事なら夫にやらせるのだけど、丁度出張中で……。うふふ。助かっちゃったわ。本当に一平くんって、頼りになるのね」

亜弓から感謝の笑みを注いでもらえただけでも、部屋に電池を取りに戻った甲斐があったというものだ。

「喉が渇いたでしょう？　すぐに冷たいお茶を用意するわね……。ああっ、それともビールにする？」

キッチンへと移動した亜弓は、冷蔵庫の中を覗き込み、缶ビールを取り出して一平にかざした。

一度は遠慮するべきと頭では判っていても体の方が反応した。

ゴクッと喉を鳴らしてしまったのだ。

まだサウナのような暑さは去っておらず、恐ろしく喉が渇いているせいだ。

「うふふ。素直でよろしい。私も呑んじゃおうっと！　えーと、コップ、コップ」

手早く亜弓が、お盆の上にコップを二つと三本の缶ビールを載せて運んでくる。

ローテーブルにお盆を置き、自らも一平の脇に腰を降ろす媚妻。「はい」とコップを手渡され、亜弓がプシュッと缶を開けると、琥珀色の液体を注いでくれる。

「あっ、じゃあじゃあ、亜弓さんのコップには俺が……」

如才なく亜弓から缶を受け取り、残ったビールを彼女のコップに注いだ。

「では、いただきましょう」と、互いのコップを軽くカチンとぶつけてから、口に運んだ。

苦みのあるビールが、口腔や食道を冷やしながら胃の腑へと落ちていく。

グビグビと喉を鳴らし、その心地よいのど越しをたっぷりと堪能した。

「くーっ！」

「ああ、生き返るわ……」

猛暑の中で飲むビールは、これほど旨《うま》いものかと改めて思い知った。

喉を潤したタイミングで、チンと電子レンジの音が鳴る。

すぐに亜弓が席を立ち、お皿に大盛りの枝豆を載せて舞い戻る。

「はい。一平くん。もう一杯どうぞ……。簡単なものしかないけど摘まんでね。本当に今日は助かったわ。あらためてありがとう……」

しなだれかかるような距離感で、美人妻がお酌してくれる。

「大げさですよ。電池交換しただけで、こんなにしてもらうなんて……」

亜弓が用いている香水は、ローズ系の匂いをベースにしている。控えめに嗜《たしな》み程度ながらも、まさしく甘い誘惑の香りが、しなやかな女体から漂っている。

彼女が吐く息さえも、バラの香りがするのには、ちょっと驚いた。

「あら大げさなんかじゃないわ。もう少しで私、干からびてしまうか熱中症で倒れていたかも……。一平くんは、命の恩人よ」

そう言いながら亜弓は、半ば瞳を潤ませている。酔いが回ってきたせいか、未だ暑さで火照らせているのかは定かではないが、酷く色っぽいには違いない。

タオル地のキャミソールの肩ひもが、はらりと落ちてくるのを戻す仕草などは、容易《たやす》く一平を悩殺するほどだ。

「いやいやいや、亜弓さん、本当に大げさすぎですって。でも、こんなにお美しい亜弓さんのお役に立てたなら、とてもうれしいです」

ビールの力もあってか、いつもより饒舌《じょうぜつ》になっている。面と向かって若妻の美しさを讃《たた》えることができたのだ。

「うふふ。意外と一平くんって、お上手なのね……」

「えー。お上手なんかじゃないですよ。亜弓さんは、ものすごぉく綺麗です」

見え見えのおべっかやゴマすりをしているつもりはない。混じりっけなしの一〇〇％本音を口にしている。

「もういやぁねえ。お姉さん本気にしちゃうぞ！」

亜弓が発する匂いが急速に甘くなっていくのは、一平の言葉が媚妻のハートにダイレクトに伝わった証拠だろう。

ナンパの時には得られなかった手応えが、いまは確実に感じ取れた。

「本気にしてくれていいですよ。亜弓さんみたいな美しい人を妻にしているご主人が羨ましくて仕方がないほどです」

その一平の言葉が引き金となり、甘い匂いにねっとりとした匂いが加わった。ジュンと蜜液が染み出したような匂い。一平を悩乱させてやまない牝フェロモンの薫香《くんこう》だった。

まるで匂いに分身をくすぐられているようで、他愛もなく一平は勃起した。

「あん。どうしよう。心臓がドキドキしちゃうわ。もう人妻を相手にいけない人ね……。ああ、そうそう。一平くん。私に何か用事があって来たのでしょう？」

動揺する心を鎮めようとしたのか、亜弓は思い出したように話の矛先を変えた。お陰で、今度は一平の方が動揺する番になる。せっかくいい雰囲気になっているのに、その来訪の目的は言い出し難い。

けれど、あまり嘘は上手くないだけに、咄嗟《とっさ》に適当な用件を繕うこともできず、やむなく正直に口にした。

「あの。これなんですが……」と、ジーンズのポケットに忍ばせていたパンティをおずおずと取り出した。

「これが俺の部屋の前に落ちていて……。で、これって亜弓さんのモノじゃないかと……」

「ああ、確かにこれは私の……。昨日の強風に飛ばされて、どこかに行ってしまったものと諦めていたけれど……。でも、どうしてこれが私のモノだと？」

そう問われ、匂いを嗅ぎ当てたと本当のことを白状すべきか、さすがに迷った。

下着泥棒を疑われそうだが、本当のことを言っても信じてもらえるかどうか。

「ああ、もしかして、これを持って一軒一軒、訪ねるつもりだったの？　一平くんはお人好しね。下着なんて手にしていたらあなたが疑われることだってあるじゃない。もちろん、私は一平くんがそんなことしないって判っているけど……」

先回りするかのような亜弓の言葉に、何となく救われた。同時に、そこまで信用されるだけの価値が自分にあるのか、少なからず疑問を持った。

「信用してくれるのはありがたいのですが、正直、その信用に値《あたい》するかどうか……。俺の部屋の前に落ちていたことにウソはありませんが、でも、やっぱりその下着に興味を持ったのは確かで……」

言葉を選びながらも、自分がまったくの潔白でもないことを匂わせた。

「あら。男性が女性のパンツに興味を抱くのは、当たり前よ。それこそ小さな頃＋から、いい歳になっても……。私、以前に幼稚園の先生をしていたの。だから幼いころからいくつになっても男は、ずーっとエッチって知っているわよ」

クスクスと笑いながら亜弓が、「そうでしょう？」とばかりに小首を傾げる。

そのあまりに魅力的な笑顔に、他愛なく心まで蕩かされてしまう。

「興味を持ったってことは、一平くんは、このパンツにおいたをしたってことよね。

どんなおいたをしたの？　頬擦りしたとか、匂いを嗅いだとか？」

あまりにコケティッシュに問い詰められて、思わず一平は白状してしまった。

「はい。に、匂いを嗅ぎました……。それで多分、亜弓さんのパンティじゃないかって……。何となく判ったから、もう一度肺いっぱいに匂いを吸い込んで……」

「まあっ……私のパンツだって気がついた上で、匂いを嗅いだの？　でも、これは、洗濯をしたばかりだから、そんなに匂いはしなかったでしょう？」

媚妻の様子では、匂いを嗅ぎ当てたことまでは信じていないようだ。その上で、調子を合わせるようにして、ちょっとエッチな会話を愉しんでいるのだ。

童顔系の見た目とは裏腹に、亜弓は、しっかりと大人のおんななのだ。

「うん。柔軟剤の匂いが強く残されていました。でも、よく嗅ぐと、その匂いの奥に亜弓さんの匂いが……。甘くて、暖かくて、深みがあって……。バラのような華やかな香りですが、こもった湿度のような感じも……。僅《わず》かに酸性の香りとかも」

微《かす》かにアンモニア臭も嗅いだ気がする。けれど、それは口にはしなかった。

「ああん。そんなに一平くんって、匂いに敏感なの？　なんだか直接肌から匂いを嗅がれているみたいで、変な気分になっちゃうわ」

ぱたぱたと自らの顔を掌で煽《あお》ぎながら、亜弓がクスクス笑っている。

「でも、一平くん……。本当は、洗い立てのパンツより、もっと匂いの染みついたパンツを嗅ぎたいんじゃない？」

ますます美貌を紅潮させ、若妻はうっとりと一平の顔を探るように見つめてくる。

「嗅ぎたいです！　だって、それは亜弓さんのおま×この匂いだから……。でも、俺をからかうつもりでしょう？　亜弓さんも人が悪いなぁ……」

年上のおんなが、年若い男をからかうなど、よくある話。実際に、人妻の亜弓がそんなことを許してくれるはずがない。

相変わらず亜弓からは、甘くエッチな香りが漂ってくるが、それも酒の席の猥談に興奮しただけのことだろう。

「うふふ。からかうつもりなんてないわよ。そんなに嗅ぎたいのなら嗅がせてあげてもいいかなって、本気で思っているわ」

思いがけない言葉に、ほろ酔い加減も何もかもがいっぺんに吹っ飛んだ。否、むしろ酔いは回っている。どんどん濃くなる官能的な牝臭に酔い、一平の中の動物的本能が静かにゆらめき出すのを感じた。

4

「嗅《か》ぎたいです！　亜弓さんの匂いの染みついたパンティ！　亜弓さんの透き通るような肌の匂いも、キャミソールから覗かせているおっぱいの匂いも、亜弓さんの全身の匂いを嗅ぎまわりたいです‼」

いまにも襲いかからんばかりに前のめりになる一平に、トロンと蕩けそうな眼差しが何事かを確かめるように向けられている。

「いいわ。嗅がせてあげる……。私も、一平くんの匂いを近くで嗅いでいるうちに、おかしくなったみたい。嗅がせてあげたいって気持ちにさせられて……。どうすればいい？　四つん這《ば》いにでもなる？」

こくこくと首を縦に振る一平に、またしても艶冶に若妻が笑う。ゆっくりと一平にお尻を向ける形で、四つん這いになってくれるのだ。

「いいわよ。嗅いでも。その代わり、私、まだ今日はシャワーも浴びていないから、汗臭いだろうし、あそこも蒸れて……。ああん、言ってると恥ずかしくなってきちゃうわ」

いくら恥ずかしくともシャワーを浴びてからでは意味がないことを承知している亜弓。ぶるぶるっと羞恥に媚尻を震わせ、それでいて我知らず牝フェロモンを、いよいよ甘く発して、さらには酸性の匂いも強くさせている。

その魅惑の香りに引き寄せられるように、ゆっくりと一平は若妻のお尻に顔を近づけた。

「ああ、亜弓さん！」

勢い込んで一平は、その鼻先を亜弓の腰のあたりに運んだ。

キャミソール越しにも深く括《くび》れていると判る腰位置に、鼻先が着くか着かぬかといった距離でなぞらせる。

亜弓がお尻を高く掲げるから、テロテロのキャミソールが緩やかに捲れあがり、わずかばかり素肌を露出させた。

すかさず一平が、その美肌に鼻を近づける。あたりの空気を吸いつけると、敏感な素肌がそれを感じ取り、さもくすぐったそうに女体が左右に揺すられた。

鼻先は決して女体には触れさせない。けれど、その手は、確信犯的に媚妻のカラダのあちこちを触れていく。背中に置いたり、腰位置を捕まえたり、わざとお腹のあたりに運んだりと、さりげなさを装いながらまるで痴漢のように肌に触れるのだ。

「一平くん、やっぱり私、汗臭いでしょう？　恥ずかしいわ」

「そんなことありません。ものすごくいい匂いです。うっとりしてしまうほど」

感極まった声をあげながら蜂腰から徐々に仇っぽい肉付きへと進行する。

いよいよ下腹部の匂いに迫ろうとした一平の掌が、亜弓の内ももにあてられたその時だった。

「あうん！」

媚妻の唇から艶めかしくも甘い声が漏れた。

それもそのはずで、亜弓は暑さから逃れるために、ストッキングを履いていない。その無防備な内ももに直接触れたのだ。

とは言っても相変わらず、一平の手はソフト極まりなく、あてがうばかりの触れ方に近い。にもかかわらず喘ぎが漏れたということは、そこは若妻にとって性感帯に違いなかった。

「亜弓さんって、敏感なのですね」

「だって、こんな経験はじめてだから昂《たかぶ》ってしまって、余計に肌が敏感に……」

ジーンズ生地のキュロットスカートは、ベリーショート丈であるだけに四つん這いになると下腹部が丸見えだった。

勢い込んで一平は、真紅のパンティが覆う恥丘に鼻先を近づけた。

「ああ、本当ですね。相当に蒸れている。ムンムンと甘酸っぱい匂いが、この辺りには充満しています！」

「ああ、ダメぇ、そんな恥ずかしいこと口にしないで……」

羞恥の言葉を漏らしながらも、若妻は下腹部を逃がそうとはしない。大人しくされるがままでいてくれる。

正直、なぜ亜弓がこんなことをさせてくれる気になったのか、さっぱり一平には判らないが、媚妻があられもなく発情していることだけは匂いで判る。

「ああああっ、凄いです！　エッチっぽい動物性の酸味が増してきました。なんだか、匂いでち×ぽをくすぐられているみたいです！」

匂いの源泉を探り当てるつもりで、さらに鼻を蠢かせる。

さらに掌を、ムチムチしっとりの内ももに、ぴたりとあてがった。

「んふぅっ、んんっ！」

予想以上に媚妻は扇情的な反応を見せてくれる。びくんと背筋を震わせて、くぐもった艶声を吹き零すのだ。

「あぁ、ダメよ、一平くんたらぁ……。匂いを嗅ぐのは許したけど、そんなところに触っていいとは言っていないわ……。あん、ダメだってばぁ！」

さすがに恥ずかしくなったのか、それとも人妻の嗜《たしな》みなのか、「ダメ、ダメ」と繰り返しながら、微妙に蜜腰を左右に振りはじめる。

けれど、亜弓が本気で抗《あらが》っている訳ではないことは、声のニュアンスから読み取れる。ますます牝臭が濃厚になっていくのも、若妻が嫌がっていない証拠だ。

「すみません。あまりに亜弓さんが魅力的だから、どうしても触れてみたくて……。いけませんか？　亜弓さんの触り心地を味わわせてください」

決して断られることはないと確信している。恐らく、もう何をしても媚妻は許してくれるはずなのだ。

それでもあえて許しを請うのは、承知させることでさらに亜弓が淫らな気持ちになるように促すためだった。

「触りたいの？　そんなに亜弓のカラダが魅力的なの……？」

美貌を背後に捻《ね》じ曲げて、一平を問いただす亜弓。その潤み切った瞳は、堕ちる寸前であることを物語っている。

「触りたいです。会った時からずっと亜弓さんに触れてみたいと思っていました。亜弓さんは、あまりにも美しくて悩ましいから……。そのお顔も、カラダつきも……

亜弓さんの全てに触れてみたくてたまりません！」

「そんなに？　どうしても我慢できないのね……。いいわ。特別に亜弓に触るの許してあげる」

「ありがとう。亜弓さん……。それじゃあ、お言葉に甘えて」

許しを得た一平は、ここぞとばかりに手指を蠢かし、美麗な女体をまさぐっていく。

先ほどまでの遠慮がちな触れ方を一変させ、ねっとりと情感を込める。

右手では太ももの外側をやさしく擦り、肌のムッチリ具合となめらかさを堪能してから、またしても内もものやわらかい部分を撫で擦る。

左手は、若妻の尻肉にあてがい、そのほこほこした弾力を味わった。

「あうんっ！　んふぅっ……んっく……はぁん……。あっ、あぁぁん！」

亜弓の喘ぎが奔放になるにつれ、牝臭は濃厚さを増していく。恋菜や純玲に比べてもその濃厚さは格段で、饐えたような生臭い臭気も強い。ヨーグルトに漬《つ》け込んだユリの花束のような匂いと例えればいいだろうか。けれど、その匂いはゾクリとするほど官能的で、不潔にも不快にも感じられない。どこまでも一平を陶酔させる媚薬そのものなのだ。

生の牝フェロモンを直《じか》に嗅いでいるのだから、ほとんど前後不覚のようになるのも当然で、我知らず一平は、真紅のパンティが覆う恥丘に鼻先を押しつけていた。

「ふおんんんっ！　ああ、イヤぁっ……。そんなことしちゃダメぇっ！　お鼻をそこに押し付けるなんて……あうぅっく！　ダメよ、ああ、ダメなのにぃっ！」

パンティが淫裂に食い込むほど鼻先を押し付け、頭を細かく振って振動させる。自然、薄布越しに鼻梁が花びらを押し分けていく。

滲み出る蜜液が黒いシミを作り、正しくその下に淫裂が隠されていると教えてくれる。それをいいことに一平は、なおも鼻先をめり込ませ、股間に擦りつけた。

「うん……あっ、あんっ。一平くん、待って……お願い、そんなことしないで！」

まるでパンティごと鼻梁を淫裂に挿入されそうな勢いに、媚妻は悲鳴をあげている。

しかし、興奮しきった一平には、制止の声など届かない。

「すごいです！　こうするとエッチな匂いが甘くなるのです！　ジャスミンの匂いに近いかも……」

相変わらずローズ系の香りはするものの、それは亜弓が好んで使う香水由来の匂いであり、むしろ本来の体臭は〝香りの女王〟と称されるジャスミンの華やかで濃厚な香りに近い。

「あううっ……いやあん！！」

ムスクのように甘くエキゾチックな香りを搾り取るように鼻のスロープで、グイグイと媚妻の敏感な部分を擦りつける。たまらず亜弓は、白い頤《おとがい》をのけ反らせた。

「ああ、ウソっ！　どうしよう。私、一平くんに蜜を搾り取られてる……。あはぁ！　やめてっ!!　そんなに激しく擦りつけられると奥から溢れ出ちゃうっ！」

恥ずかしければ恥ずかしいほど、透明な愛液がドクドクと量を増して滴り落ちる。ついには薄布が蜜液を吸う限界を越えたらしく、外側に滲み出てくるほどだ。

「もう、やめられません。亜弓さんのいやらしい匂いが俺を衝《つ》き動かすのです……。ぐふぅぅ、本当に凄い。目に沁みるほど酸性の愛液なのに甘い匂いが奥深い！」

夢中で陰裂を掘り進む一平に、若妻の官能も堰《せき》を越えた。

「きゃううっっ!!」

敏感な花園を踏み荒らされる鮮烈な淫波に、亜弓が激しく身悶える。若牡の鼻梁が縦溝に沿ってなぞり上げた瞬間だった。

「おほぉ、おっ、おおおぅぅっ……。んっ、んんぁっ、ああああぁっ！」

零れ落ちるはしたない声をこらえようとしているのか、唇を閉ざしたくぐもった喘ぎが漏れてくる。しかし、追い討ちをかけるように一平は外陰唇を擦り、敏感な小突起までも押し上げた。

途端に、閉ざしていた朱唇が爆発して、艶めかしい悦声が響いた。

「あああああああぁぁ……！」

「すごい、すごい、すごい！　どんどんエッチな匂いが溢れてきます！」

昂る牡獣の声に、亜弓が再び首を捻じ曲げ、半ば焦点のあわない視線を向けた。その目に飛び込んだ一平の姿は、鼻を鳴らし獲物の匂いを愉しむ若い牡イノシシそのものであったに違いない。

「いやあん！　私、一平くんのお鼻で感じてしまっているのね……。恥ずかし過ぎるわぁ……」

的確に鼻で淫裂を探り当てる牡獣に、媚妻は美貌を真っ赤にして恥じらっている。その童顔系の愛らしさとトロンと官能に酔ったような艶表情のギャップが、何とも男心をくすぐる。

「亜弓さんのお尻も嗅いでいいですよね？　もっともっと亜弓さんのエッチな匂いを嗅ぎたいです！」

染み出た愛液に鼻先をテカらせた一平に、次なる要求を突きつけられても、すでに若妻は正常な判断などできる状態にない。

「お尻……。亜弓のお尻の匂い。もっとお尻を高くすればいいのかしら？」

官能を滲ませた声を震わせ、いかにも気だるそうに四つん這いのお尻を高く掲げ、一平の鼻先に捧げてくれる。

いままでも十分に嗅ぐことができたが、より嗅ぎやすい位置にお尻が突き出している。しかも、若妻は自ら臀朶《しりたぶ》を一平の顔に押し付けてさえくるのだ。

「うふぅん。亜弓、いやらしいわね。なんて、いやらしいことをしているのかしら……。一平くんに、お尻の匂いまで嗅がせるなんて……」

頬を紅潮させて独り言を口走りながら、婀娜《あだ》っぽい腰を蠢かし、臀朶の谷間を若牡の鼻先に擦りつける。

その淫らさは、いまにも自らの手で淫裂を掻きむしりそうな勢いだ。密かに上体を揺すらせているのは、床に自らの胸元を擦りつけているようにも見える。

「これ以上淫らな姿を見せてしまったら、一平くんに嫌われそう……」

つぶやかれた言葉からも、媚妻が乱れそうになる自分を懸命に抑《おさ》えようとしていることが知れた。

「もっと生身のお尻を……」

満足することを知らない一平は、中指を頂点にした四本の指をパンティと臀朶の間に滑り込ませた。

お尻の丸みに沿って、パンティの内側にじりじりと親指の付け根まで侵略させると、さらにグイッと薄布をミニ丈のスカートの中に押し込んでいく。

「ああんっ、ダメよ……。いやぁん！」

自然、臀朶を覆っている真紅の生地は尻肉の谷間に挟まり、媚妻の股間へとTバック状に食い込んでいく。

見る見るうちに薄布が食い込むのは谷間ばかりではない。W字に女陰の形が浮かびあがった。

「うぅん！　ああん、だ、だめぇ……。そ、そこはぁぁ！」

「ああ、すべすべだ。なんて気持ちがいいのでしょう！」

薄布がひも状になったお陰で、臀朶が直に一平の頰にあたる。

「イヤぁん！　一平くんのエッチぃ……。ああ、でも一平くん以上にエッチなのは、亜弓の方ね……。浅ましいほどグショグショになっている……」

何が起きているのかと、亜弓は自らの股間を覗き込んでしまったのだろう。

淫裂に薄布が食い込み、縦筋に濡れシミができている淫靡な光景を目撃したらしい。

若妻の言葉通り、シミ部分を指先で少しでも押せば、じゅわっと雫が滴り落ちるであろうほど、そこはグショグショに潤みきっている。

「あぁ、だけど一平くん。亜弓は、あそこを触って欲しいと思っているの……。お鼻でされるだけでなく、その指でも……。ねえ、お願い。もっと乱れてしまうと思うけど、亜弓のおま×こを触って……！」

匂いを嗅ぐことにばかり夢中になっている一平に、恨みがましい視線を送りながらも媚妻が淫らなおねだりをしてくれた。

一平が意図せぬうちに、亜弓の熟れた肉体は焦れていたらしい。とうに官能の火が灯され、もどかしくて仕方がないとばかりに、太ももをモジつかせてさえいる。

「えっ！　まあ、一平くんもなの？　あなたも亜弓と同じように焦れていたのね」

悶々とやるせなさを持て余していた媚妻に、一平が己の肉塊をズボンの上からやわやわと手で揉んでいるのを見つけられた。

それはそうだろう。これほどの美人妻があられもなく官能に溺れる姿を見せつけられて、冷静でいられる男などいないはず。

例外なく一平も、冷静さを失った挙句、切ないまでにさんざめく分身を密かに自慰していたのだ。

それも全て無意識の行為で、射精衝動が起きたらどうするかとの考えも及ばぬほど、凄まじい興奮に身を浸していた。

5

「ねえ、そんなに興奮しているのなら……。おち×ちんを持て余しているなら、亜弓の膣中《なか》に挿入《い》れてみる？」

そう囁く若妻の震えるような媚声に、一平は我が耳を疑った。

亜弓とセックスしたいのは、やまやまだ。けれど、だからといって、ほいほい誘いに乗っていいものか。

正直、もしかすると媚妻が身を任せてくれるのではとの期待はあった。彼女が発する発情臭も、その期待を膨らませるだけの裏付けになっていた。

けれど、いざその場面が訪れた時、急に一平の理性は、彼女の立場を慮《おもんばか》ってしまったのだ。

「そ、そうしたいです！　亜弓さんは魅力的だから……。でも、不倫はヤバイかと……。俺はまだしも、亜弓さんの、た、立場がですね……」

躊躇《ちゅうちょ》する一平に、若妻は、その場に横座りになり艶冶に笑いかけた。

「うふふ。一平くんってやさしいのね。男の子としてとっても大切な思いやりを持っている……。でもね、心配はいらないわよ。私たち夫婦は、お互いに不倫ＯＫの考えだから……」

思いがけない媚妻の言葉に、一平は首を傾げた。

「うーん、理解不能って顔ね……。夫のことは愛しているし尊敬もしてるけど、お互いを束縛しない関係ってことなの。例えば、夫が私以外の女性に性欲が湧いたならアプローチしてもＯＫ。好きにしてって感じね」

「でも、それじゃあ、お互いに愛されていないように感じませんか？」

「あら、どうして？　ちゃんと愛されているし、愛してもいるわよ。でも束縛することが、愛ではないでしょう？　もっと自由に緩く考えてもいいんじゃないかな……。頑《かたく》なに突き詰めてしまうと苦しくなったり疲れたりするでしょう？　確かに純粋さは美徳ではあるけれど」

亜弓の言っていることが、一平にも理解できないでもない。愛の名のもとに互いを縛り付けるのは違う気がするのだ。

昨今の男女は、いくつもの恋愛経験を重ねるのが普通で、一人の相手に純愛を貫くことの方が稀《まれ》であろう。その恋愛遍歴が結婚後も続くのも、ある意味自然なことなのかもしれない。

ならば亜弓の言う通り、もっと緩く、自由であっていい気がする。

思えば亜弓ほど極端ではないものの、恋菜や純玲の考え方もそれに近い。だからこそ、恋菜も純玲も互いの存在を許しあえるのではないだろうか。

「それにね。セックスもコミュニケーションのひとつと私は考えているの。ちょっとドライかしら？　きっと一平くんは、まだ若いからピュアに〝永遠の愛〟とかを信じたいわよね。幻滅させちゃったかしら……」

「いいえ。そんなことありません。勉強になりました。まだまだ俺は修行が足りませんね」

脱帽して見せる一平に、亜弓がまたもコケティッシュに笑った。

「うふふ。修行だなんて面白いことを言うのね……。でもそうね。私みたいなおんなと関係を持つのも修行になるかもよ。で、どうする？　私じゃイヤ？」

「いいえ。したいです。亜弓さんとセックス！　って、違いますね。きちんと俺の方からお願いしなくちゃ。亜弓さん。俺とセックスしてください！」

真剣な表情を作り一平は、若妻に求愛した。

「うーん。どうしようかなあ。ちょっと醒《さ》めちゃったから……。な～んてウソよ。そんな心配そうな顔をしないで。もうすっかりカラダに火が点《つ》いているの……。おんなにだって性欲はあるし、むしろ男以上に性的なことにも興味があるのよ。私は、一平くんのこのおち×ちんに興味津々《しんしん》……」

そう言いながら若妻が突然一平のズボンを脱がし、ビンビンにそそり起つ肉柱を剥き出しにしてしまった。

「うおっ！　あ、亜弓さん!!」

このところ、女性からズボンを剥かれてばかりだ。それはそれでうれしい展開に違いないが、分身から立ち昇る饐えた匂いがプーンと鼻先をつくのが気になった。

我がイチモツながら新陳代謝が活発すぎて、分泌物と汗が発酵臭じみた匂いを漂わせている。

「ああん、男の子の饐えた匂い……。こんなに若い牡臭を嗅ぐのは学生の時以来かも……。あんな話をした後で、信じてもらえないだろうけど、本当は私が不倫するのは、これがはじめてなの……。一平くんみたいな年下とするのもはじめて……」

言いながら若妻の掌が一平の牡肉を握りしめる。

「うわあああぁっ！　亜弓さぁん!!」

ズルッと肉皮を剝かれると、亜弓の頭が覆い被さる。

躊躇なく媚妻が、異臭を放つ牡シンボルに熱烈なキスをしてくれるのだ。

ちゅちゅっ、ぶちゅっと卑猥な水音を立て、鈴口から吹き出している多量の先走り汁を吸い取ってくれる。

「ああん。とっても濃い味がするわ……。それにしても、一平くんのおち×ちん大きいのね」

「ありがとうございます……。なんか年上の女性にそう言ってもらえると嬉しいっていうか、自信がつくっていうか」

恋菜たちから褒められた時も嬉しかったが、亜弓のような人妻からの賛辞は、なおのこと嬉しい。それにしても彼女は、今までに何本くらいの性器に奉仕してきたのだろう。不倫ははじめてにしても、奔放なというか開放的というべきか、そんな考えを持つ亜弓だけに、その経験も豊富に違いない。

「それじゃあ……全部咥えちゃうわね……! 構わないから私のお口、たっぷりと使ってちょうだい」

再び、亜弓が屈み込むと肉柱が一気に若妻の淫らな喉に収まってゆく。口淫というよりも、もはや顔全体による奉仕といったほうが近い。

躊躇いのないディープスロートで、張り裂けそうなほどに膨れ上がった亀頭と竿を攻め立てるのだ。

「んんっ……。ずぢゅッ……んぢゅるるるッ……ほふうぅぅっ」

愛らしさと美しさを兼ね備えた美貌と、唾液と空気が混ざり合う下品な淫音のギャップに、一平の性感が瞬時に昂る。

「ぐうううううぅっ！　あ、亜弓さんのフェラ、凄く気持ちいいです‼」

媚妻が頭を激しく前後させると、キャミソールの襟ぐりから容《かたち》のいい乳房がたぷたぷと揺れているのが覗ける。上目遣いの大きな瞳は、奉仕の滴《しずく》で潤っている。

「亜弓さんッ、俺……もう射精《で》そうですッ……！」

あっという間に果ててしまいそうなのは、それだけ若妻の口淫が絶妙である証《あかし》だ。かつて受けた口腔奉仕のどれよりも、はるかに早く絶頂感が込み上げる。

「あぁ、一平くん、待って……。もう少しだけ我慢できない？　射精するのなら私の膣内《なか》で……」

勃起を吐き出した若妻が潤んだ瞳で見上げてくる。持ち上げたお尻を左右に振り、またしてもモジモジと太ももを擦りあわせている。

その切なげな仕草が、媚妻の欲情もひっ迫していることを告げている。

「挿《い》入れてってことですよね。でも俺、いま挿《い》入れたら、きっとすぐに射精《で》ちゃいますよ？」

「いいの。それでもいいの。一平くんのおち×ちんが欲しいの……。もちろん、亜弓の膣内《なか》に射精《だ》していいわよ」

なおも濡れた瞳が窺うように見上げながら、飴玉を舐めるように一平の睾丸を舌の上で転がした。

いかにも愛おしいものを慈《いつく》しむように、陰嚢を口に含んでは軽く吸うのだ。唾液に照り輝く勃起に指を絡め、ゆるゆると扱きまで加えてくる。

「うおっ！　だ、だから射精《い》っちゃいそうですってばあ……。判りました、じゃあお言葉に甘えて、挿入《い》れさせてもらいます！」

「ああ……。うれしい！　一平くんのおち×ちんをここに頂戴……っ！」

あっという間に自らのパンティを引き下ろすと、またしても四つん這いの姿勢になった媚妻が、肩越しに振り返る。熱っぽい視線は、まさしく雌豹の如く、牡を求める発情牝のそれだ。

「それじゃあ、まずは、ほら、こうして……」

さすがに、いま挿入しては、一分も持ちそうにない。危惧《きぐ》した一平は、時間稼ぎとばかりに、人差し指で秘裂を辿《たど》り、大陰唇を愛でるように蠢かせた。

ゆっくりと楕円《だえん》を描くようになぞっていくと、膣内から覗き見えるピンク色の媚肉の面積が大きくなったり小さくなったりを繰り返す。

「亜弓さんのおま×こ、ヒクついています。膣中《なか》が、覗けますよ。本当に、もうたまらないのですね？」

「ああんっ……じ、焦らすつもりなのね？　いやっ、あああっ」

指を這わせるたび、みちょっ、くちゅっと淫らな水音が鳴る。

「とっても新鮮な肉色で、大陰唇はやや大きめですね。でも、形は崩れてなくて、とても美しい」

口をぱくつかせる女陰に人差し指を第一関節まで差しこみ、拡げるように周縁をなぞっていく。くぷんと音がして、秘唇から愛蜜が溢れた。その女蜜を掬《すく》い取り、亀裂の上部の襞が折り重なっているところにも、擦りつけてやる。

宝物を探すように指を襞々にめりこませ慎重に力を込めた。

「ああ、クリトリス、硬くなってますね……。コリコリです！」

「はあああんっ……い、いい……敏感なお豆、感じちゃうぅっ！」

強烈な快感にクンッとお尻を持ち上げ、若妻は肢体をくねらせる。

「すごい、すごい！　亜弓さんって、本当に敏感なのですね。特に、ここは格段に反応がいい！」

一平は、すっかり剝きだしになった肉宝珠に愛液をまぶし、円を描くようにこね回していく。

「ひうんっ！　ああん、ダメぇっ、一平くん、それはっ！」

強い刺激を加えられ、背中を軸にしてびくんと腰を突きださせている。

「そんなに感じてくれると、俺も嬉しいです。亜弓さんなら、クリトリスだけじゃなく膣中《なか》でも感じるのでしょうね」

先ほどまではわずかに開いていた程度の膣口が、いまや大きく口を開け、その隙間からとろとろと透明の粘液が漏れはじめている。

一平は、その蜜口に人差し指をぐいっと食い込ませた。

「あ、あああ、ああああぁぁ〜〜っ！」

「亜弓さんの膣中《なか》、すごい締めつけです。やわらかいのに、狭くてきつい！　ここにち×ぽを挿入したら最高に気持ちいいのでしょうね！」

肉孔を拡張しようと一平は、膣口に沿ってぐるりと指先で楕円を描く。その円運動を続けながら、指を膣奥へゆっくりと侵入させていくのだ。

はじめは第一関節だけだった挿入を徐々に進め、ずっぽりと人差し指のすべてを咥え込ませてしまう。

「俺の指、全部入りましたよ。うれしいな。もう一本挿入《い》れてみますね！」

「あんっ、いやんっ……！　指を二本もなんて、あああんっ！」

秘裂に生じる違和感がよりきつい充溢感へと変化したのだろう。人差し指に中指を添えて、女膣の中でゆっくりと動かしているのだ。

「うわああ、もっと締めつけがきつくなった！　やっぱり一本じゃ物足りなかったのですね」

一平は手首を返し、若妻のへその裏側に当たる部分に指腹を密着させた。

「う、ウソっ！　こんなに簡単にGスポットを探り当てられるなんて……。あんっ、ああぁダメえええええええぇっ！」

「おわぁっ、凄い反応……！　いやだなあ、そんなに締めつけないでください。イッちゃうのですか？」

「あっ、あっ、ああん！　締めつけてなんかいないもん……ああんっ！」

蜂腰を浮かし、上下左右に振りまくる媚妻に、せっかくあてがっていたポイントを外されてしまう。それほど激しい反応に、一平も我慢ならなくなった。

「もういいですよね。挿入《い》れちゃいますよ……。濡れ濡れま×こをこいつで擦ってあげますからね！」

ちゅぽっと指を抜いて、空いた蜜孔に猛り狂った先端をバックからあてがった。それでも、すぐには挿入せず、浅いところで意地悪く前後させる。

ヌメりのある亀頭が膣道をこじ開けただけで、亜弓が猛烈に発汗する。滲みでた汗は、若妻の長い髪をいっそう艶めかせた。

6

「あああぁ～～～。いやよ……もう意地悪しないでぇ……。来て……奥まで挿入《い》れて……ねえ、欲しいのぉ……っ！」

マイクロミニのスカートを未だに腰に着けたまま、白く仇っぽい艶尻を切なそうにくねらせる媚妻。

「もうダメなの……本当に、おち×ちんが奥まで欲しくて……変になっちゃいそうなの……」

汗まみれに発情した牝妻が、全身で勃起したものを激しく求めている。

振りまかれる牝フェロモンは、濃厚を通り越え、獣のような臭気と化している。

狙った獲物は逃がさないという攻撃的な匂いで牡を惑わせるのだ。

恋菜からの受け売りながら嗅覚は五感の中で唯一、脳にダイレクトに伝わる感覚と言われている。感情や食欲、性欲などを司る大脳辺縁系に直結する感覚のため、「好き／嫌い」「爽快／不快」と言った本能的な反応が匂いと密接に結びついているらしいのだ。

（だとしたら俺が、亜弓さんのエロフェロモンに囚われるのもムリはないか……）

一平自身、驚くほど興奮しているのも、それが事実だと裏付けている。

本能的衝動に駆られるまま牡獣は、白く肉感的なカラダをバックから貫いていく。

「すごい……！　熱くて大きなおち×ちんが、亜弓の膣中《なか》に入ってくる……！」

蜜壺の内側を切っ先で穿《うが》つようにして限界まで広げ、圧迫感でも亜弓を満たす。一平の逸物が、それほどまでに凶暴化しているのも若妻の淫らさのせいに違いない。

「おおお……。あっあああああ〜〜っ！　きた……大きなおち×ぽきたわぁ！　ダメ……ああ……いっ……イクっ……！」

亜弓の腰が波打ち、瞬時に硬直する。媚肉が切なげに収縮して、勃起を締め付ける。

挿入だけで達してしまったのだ。

「挿入《い》れただけでイッたの……？　亜弓さん、もの凄くスケベなんだね……」

「あぁぁん……。そんなハレンチなこと言わないでぇ……。ぶちゅっちゅっ」

意地悪く囁きながら一平は美貌を引き寄せ肩越しに唇を重ねる。若妻も応じて舌を突き出し、後背位で繋がったままキスを味わう。

「んふん……素敵……。バックでイキながらキスするの……興奮しちゃう……」

肩越しの口づけは、まるでレイプしているような倒錯を感じる。

「はああん……。ダメっ……ダメぇ……！　我慢できない……！　一平くん……動くわよ……！　ああああっ！」

媚妻の蜂腰がうねるように動き出し、その官能が肉襞からダイレクトに伝わる。一気に一平もボルテージを上げ、接合部をローリングさせて、男根を女壺に馴染ませる。

「はあ、はあ。亜弓さんとバックからするのって、お尻の穴に挿入しているみたいで興奮するっ。大きなお尻だからかなあ……」

「もう！　お尻おっきいって言うなあ……。気にしてるんだから……」

ふくれっ面《つら》をこちらに向け抗議してくる亜弓の唇を、再びぶちゅっと奪い取る。

「むふぅ……。でもこのお尻だからこそ、いくら激しくしても受け止めてもらえそうで……くっ、ぐふううっ！」

込み上げる性感に牡獣の腰運動が忙しなさを増していく。

「ああん、だからって、そんなに暴れたら……あっ、ああん、壊れちゃううぅっ！」

「まさか。こんなグチョグチョの柔らかま×こなら、いくら突いても壊れませんよ。だから、もっと……おうっ、ぐおおおおっ！」

蜂腰の括れに両手をあてがい、強く引き付けては、パンと艶尻に打ち付ける。

媚妻は、その度に軽くイキ極めながらも内ももに力を込め、巨大な肉棒に我が身を捧げている。

「ああん……すごい、すごい、すごいの。一平くんが凄すぎて、イクのが止まらない……あっ、はうぅぅっ！」

「ぐほっ。今、ギュンッとなったね。亜弓さんのま×こ。うおっ、ま、またっ！」

性の業火《ごうか》に炙《あぶ》られ、牝膣は当人も予期せぬ周期でイキ極めてしまうのだろう。食い締めるように、すがりつくように、肉襞がうねり蠢き、イキ乱れている。

「はあん。それだけ私、淫らに連続イキしているの。はああ、ああ～～……っ！」

膣襞のひとつひとつが男根を包み込むように絡みつき、密度を強める。あまりの具合のよさに一平は声を震わせた。

「うほおおぉぉ。このハメ心地、たまりません。亜弓さんがイクたびに、おま×こが激しく蠢いて……。いひいい、さ、最高っ！」

凄まじい官能にたまらず前のめりになった一平は、若妻のお腹のあたりに手を伸ばし、キャミソールの裾を摑まえると、半ば強引にその薄布を引き上げた。

途端に、汗ばんだ鎖骨とデコルテライン、Dカップと思《おぼ》しき形のいい乳房が露わとなった。

ブルンと揺れるムッチリと張りだした双乳に、一平は手を伸ばし、掌に包みこむ。その重さを確かめるように、弄ぶようにたぷたぷと揺らした。

「あんっ……」

恋菜や純玲ほどの大きさはないが、十分以上の大きさだ。しっとりと掌に吸い付くようなやわらかさと弾力は、人妻ならではの熟れを感じさせてくれる。

「おっぱい、やらかくて……気持ちいいです！」

マンゴーの実を思わせる膨らみは、一平の手の中でやんわりと撓《たわ》んでいた。指と指の間で行き場を失い、ムチムチに張り詰めた乳肌は、桜色の頂点を硬く尖らせ、ここでも若妻の発情を伝えてくれる。浮いた汗は珠《たま》になって、やわらかな曲線を滑り落ちていった。

「あんっ……ち、乳首、そんなに捻《ひね》っちゃダメぇ……！　ああん、伸ばさないでよぉっ！」

その乳首に吸い付きたい衝動に駆られた一平は、亜弓の片方の脚に手を運び、くいっと持ち上げさせると、そのまま腰を抱きかかえるようにして女体を返した。

浮き上がった蜂腰を床に着かせると、美脚をM字に大きく開き、危うく抜け落ちそうになった肉棹をぐいっと深く押し込んで正常位に整えた。

腰を激しく前後させ、抜き挿しを再開させながら念願の乳首を口に含む。

「ンっ……私も一平くんの乳首を、んふんっ！」

若妻が頭を持ち上げカラダを折りたたむようにして、若牡の胸に舌を伸ばした。汗ばんだ胸板をチロチロと舐め、乳首を口の中へ含む。

「ああっ！　亜弓さんっ……！」

「んふっ……男の子もココ、気持ちいいれひょぅ……？　んっ、れろっ」

亜弓に乳首を舐め啜られる間は、一平が手指で若妻の乳首を、反対に一平が乳首を含む間は、亜弓の手指が一平の胸板をまさぐってくる。

二つの性感帯を責め合いながら、互いの官能を高めてゆく。

一平の杭打ちピストンに負けじと媚妻が腰を上下させ、互いの乳首を舐め合いながら性器をぶつけた。

「一平くんは、私のこと、とんでもなく淫乱なおんなと思っているのでしょう？　いいわ。それでも構わない。多分これが、私の本当の姿なのだから……」

丸み豊かなヒップを揺らし、自らふっくら盛り上がる恥丘を擦りつける亜弓。溢れ出た愛液で湿った淡い草むらが、一平の陰毛にからみつく。

「亜弓さんが、淫乱であろうとなかろうと、そんなこと構いません。ぐううぅっ！あ、亜弓さんは綺麗だから……。こんなにエロくて美しいから……。そして、そんな亜弓さんが、いまはとても愛おしいから……！」

「ああっ、嬉しいことを言ってくれるのね。あはんっ……。い、いいっ！　ねえ、もっと……。もっと奥まで突いて！」

若妻の肉欲の懇願に、一平はうっとりとその美貌を眺めながら、歯をくいしばり、怒濤のピストンを繰り出した。動くたび、互いの裸体から噴き出た汗が滴り、床を濡らす。

「あうううううぅぅっ！　いいわ。奥まで届いて……ああ、すごいわ！」

濃密な交わりに、亜弓の朱唇からねっとりと熱い息が次々と溢れる。

そのぽちゃぽちゃとした唇を一平は体を折り曲げて掠め取る。

舌を吸い、口腔を犯しながら激しいストロークで子宮口を何度も叩く。

「んふうっ、むほんっ、んん……っ、あふあぁっ、おおおん、一平くぅ〜んっ！」

沸騰する愛欲が、二人のタガを完全に外している。

「亜弓さんに、胤付《たねつ》けしたい……っ！」

極度の興奮状態にあって陰嚢が脈打ち、今この瞬間も、多量に精子が作られているのを感じる。自分のＤＮＡが、この牝を全力で孕ませろと告げていた。

ばち、ばち、ばちと本気の打ち付けを繰り返すのも、ただひたすらこの牝を孕ませたいと望むからだ。

「はあんっ……！　んあっ！　だめっ、そんなに激しくしちゃ……っ！　あっ、あっ、ああ……っ！」

甲高く牝啼きする若妻だったが、彼女もまたその腰つきを激しくさせている。

扇情的なまでに揺らめいている蜂腰に、一平もその肉感的な尻たぶを鷲掴み、上から強く押し込む。

媚妻の腰をグッと引き寄せながら、小刻みに膣奥を叩いた。

「んあぁ……っ！　ダメっ、もうダメぇ、私もうイクっ……。本気で大きいのが来ちゃうの……。あっ、ああっ……！」

ウェーブのかかった黒髪を波打たせながら、牝妻は身悶えした。

我を忘れた一平も、がむしゃらなピストンで膣奥を激しく突き、高いカリ首で膣襞を強く摩擦する。快楽を最大限に貪ろうと、火がついたように責め立てるのだ。

「あっはあぁっ、激しすぎるっ！　おおっ！　こ、こんなの知らない～～っ！」

猛烈な若牡のピストンに、亜弓が幾度となく絶頂へと駆けあがっていく。

ガチガチと歯を噛み鳴らし、涎を垂らして、あられもなくよがり啼きするのだ。

浅ましくもふしだらな若妻のイキ様に、けれど一平は官能美しか感じない。

ただひたすらに色っぽく、華やかで、エロいのだ。

「ぐあああ、亜弓さん、もうダメだっ！　お、俺ももうっ……おあぁっ、射精《い》っちゃいそうっ！」

時が止まるような濃密な時間に溺れていたため、挿入してからどれほどの時間が経ったのかも判らない。一瞬であったかもしれないし、あるいは思いのほか長かったかもしれない。

けれど、それも終わる。やるせない射精衝動が、ついに一平を呑み込んだのだ。

「ちょうだい。一平くんの、熱い精液を……亜弓の膣奥《おく》に！」

そう叫んだ若妻が、汗で濡れる若牡の裸体に両腕をまわし、きつく抱きしめてくれる。射精を終えるまでは、決して離さないとでも言いたげに。

「うあぁっ、射精《で》るよ、亜弓さぁ～ん！」

剛直を膣の最深部に到達させて留める。一平の引き締まった肉体がブルッと震えた次の瞬間だった。

蜜壺がキュキュ～ッと悩ましく収縮して猛り狂う怒張をネットリと包み込み、射精を促してグネ、グネと蠕動《ぜんどう》するのだ。

うっすらと開いた子宮口が射精寸前の鋭敏な亀頭にチュプッと吸いついた。刹那に一平は頭の中を真っ白にして、全身を激しく打ち震わせた。

「ああっ、来てる。亜弓の子宮に、熱い樹液が……あうっ、い、イクッ！　亜弓、またイクぅ～～っ！」

膣奥で豪快に爆《は》ぜる肉柱。ビクンビクンと発作のように、二度三度と射精を繰り返す。間髪を入れぬ放出に、若妻も派手に女体を震わせた。

忘我の淵を彷徨《さまよ》いながらもなお、二匹の獣はきつく抱きあい、互いの匂いを擦り付けあうのだった。

第三章　先輩キャンパスクイーンの発情媚肉

1

「ああん、そこ、そこぉ……はああ、ああ、ぁぁ」

息も絶え絶えに喘ぐ亜弓に、一平はより彼女を悦ばせるスイッチに切っ先をあてがう。

「やっぱり亜弓さんは、入り口のほうが感じるみたいですね」

ズズッと腰を引き、微妙に浮かせては肉棒の入射角を変える。ベッドに横臥したままバックからピンポイントで膣の浅瀬を擦った。

「はあああ、いいっ……。そこ感じちゃうの……。あっ、はあああぁ～ん」

若妻は全身の筋肉を緩ませて、肉棒の感触を一番気持ちいい場所で味わっている。

「もうすっかり一平くんには、亜弓の気持ちいいところ知られちゃったね……ああ、気持ちよすぎてお漏らししてしまいそう……」

下手をすると粗相《そそう》してしまいそうなのに、感じ過ぎて踏ん張りができずにいるらしい。亜弓は狂ったように泣き叫んだ。

「ああん、ダ、ダメよ。そこばかり擦らないで……。あっ、あん、ああ……」

「亜弓さんの反応、超エロい……。やっぱ、Ｇスポットを擦られるのが好きなのですよね……？」

ここに擦りつけているだけで、媚妻は他愛なく極めようとしている。それほどの泣きどころと判っているから、一平は容易に離れようとしない。

「あう、あっ、ああ、そうよ好きよ……。Ｇスポット好きなの……っ。ああ、クセになってしまいそう……」

「本当に亜弓さんって淫らだよね。本当にこんなで、俺のち×ぽと離れていられるのですか？」

亜弓と関係を持つようになって、この十日余りは、互いの部屋を行き来しては毎日のようにカラダを貪りあってきた。

その関係も明日から休止符が打たれる。

実は亜弓は、店を持たないままに個人や企業を相手に北欧雑貨や家具を販売する、ディーラーという顔を持っていた。それを知ったのは、つい前日の事。以前に幼稚園の先生をしていたとは聞いていたが、てっきり今は専業主婦だと思い込んでいた。

元々、向こうの家具に興味があり、個人的に並行輸入をしたことが切っ掛けで商売をはじめたそうだ。

今では、ただ単に品物を北欧から仕入れてくるばかりでなく、あちらの職人と共同して製品を企画して、日本に輸入することまで手掛けているらしい。

「大きな仕事が入っているの。向こうに行って新製品を作ってもらわなくちゃならなくて。で、素材探しやデザインの詰めとかもあるから二か月ほどは帰ってこれないかもなの……」

一平自身、こんな爛《ただ》れた関係がいつまで続くものかと危惧していたが、まさかこんな形で途切れることになるとは、想像もしていなかった。

「ごめんね。一平くん。せっかく仲良くなれたのに……。どうしても行かなくちゃならないの。こう見えて私、やり手なのよ……」

そんな亜弓を一平は、単純にカッコいいと思えた。同時に、肉食系の亜弓の片鱗を覗き見たようでうれしくもあった。

思えば、フリーセックスは、北欧が本場だ。向こう仕込みではあるまいが、案外亜弓の奔放さは、そんなところからきているのかもしれない。

一平としては、若妻に未練がないと言えばウソになる。否、未練たらたら、その美脚にすがりつきたいほどだ。

けれど、その底抜けの自由奔放さが亜弓の魅力だと判っているから、それを縛ることはできない。

「帰ってくるのですよね？　俺、待っていますから……」

「もちろん、帰ってくるわよ。亭主と不倫相手をここに置いていくのですもの」

その返事には、一平も破顔一笑。夫と不倫相手を同列にするあたりが、実に亜弓らしいと思えた。

「発《た》つ前に、亜弓さんをたっぷり抱かせてください。俺のち×ぽを忘れないように、おま×この容《かたち》を作り変えてあげますから」

「うふふ。忘れたりしないわよ。私のおま×こは、とうに一平くんのおち×ちんの中毒になっているのですもの。確実に、禁断症状が出ちゃいそうね」

コケティッシュに笑う亜弓に、一平は熱く口づけした。

「んふぅ……でも一平くんの方は、ただ私のことを待っていてはダメよ。ちゃんと他にも、いい人を見つけて。一平くんにふさわしいカワイイ娘を捕まえなさい」

突然、真顔になった亜弓が、一平をそう諭《さと》した。

「うふふ。今も私の他にいい人がいるのは判っているけど、もっと経験を積んで、もっともっといい男になりなさい。そしたらまた抱かれてあげるから……」

ドキリとさせる台詞をいとも容易く口にする若妻に、この人には絶対に敵《かな》わないと思い知らされたものだ。

そして明日旅立つという日に、亜弓は約束通り、その豊麗なカラダを一平に任せてくれている。

「本当はね、性欲を満たすのに、アラサーになって一番考えているのは〝量より質〟を重視したいということなの。何度もしなくていいから、一回が充実して心身が満たされるセックスが出来たとき、本当の意味で満たされる気がするの」

本音を漏らす亜弓に、一平はいかにしてその〝質〟を向上させられるかを考えた。

「だったら亜弓さんがイキ狂うくらいにまで、イカせてみせます！」

その宣言通り、媚妻は知ることのなかった禁断の悦楽を教えられ、年上のおんなの矜持《きょうじ》も忘れ、身も世もなく身悶えている。

それは人生観を覆《くつがえ》すほどの快美感であるはずで、若妻の媚肉に、これまでにない粘りけまでもが滲みだしていた。

「このまま、俺のち×ぽでイッてくださいっ。漏らすほどアクメして！」

突きあげても弾まぬように背後から腕を回し、しっかりと抱いて固定して若妻の浅瀬を亀頭部で圧迫し続ける。

粘り気の濃い蜜液が一転して、さらさらとした本気汁を吹き出させていた。

「今からココを嫌と言うほど突きますからね。いいですよね？」

子宮の在りかを意識してお腹を外側から軽く押しながらわざと尋ねる。亜弓にも自らの子宮を意識させたいのだ。

「す……好きにすればいいじゃない」

最早、媚妻に拒む選択肢などない。口では投げやりに応えていても、その瞳には、期待の色が滲んでいる。

「素直じゃないのですね。それじゃぁ遠慮なく！」

「えっ！　あううっ！　そ、そんないきなり……奥、亜弓の一番奥までっ！」

さらに腰を引き寄せるようにして深く結合する。

自らの分身の長大さにモノを言わせ、涎のように先走り液をたっぷりと滲みださせた先端を、子宮口にめりこませるように内臓を押し上げる。

「んぁぁっ、はぁぁんっ……ダメっ、今そんなに奥っ、擦られたら……はあああぁぁん……ダメえええええええぇぇっ！」

背後から深く挿入して、ポルチオを捉えたまま腰を回すように動かす。

一平にしては珍しい、強引で暴力的な押し込み。その分、媚妻には痛烈な快感が一気に押し寄せるらしく、びくびくと総身が痙攣しはじめる。

「おおおおぉん……。あっ、あっ、あああああぁぁっ！」

お腹の奥底から溢れださせる牝啼きは、これまで以上の官能味を漂わせている。

絶頂の予感がこみ上げてくるのか、必死にシーツを摑んで快感に耐えようとする。

「まだ突いてないのに、もうイキそうなのですか？」

蜜壺がギュウギュウと絡みつくように締まる感覚で、若妻の状態を正確に把握《はあく》した牡獣が、揶揄するように言う。

その間も、休まず亀頭の先端で子宮口をぐりぐりと擦りっぱなしにしている。

「あああぁ、い、イクっっ！」

「ああ、本当にイッたのですね。じゃぁ、お待ちかねのこともしてあげましょうね！」

「えっ！　いやっ、ま、待って……ひぅぅっ！　亜弓イッてるのよ。も、もぉ動かない……でぇっ！」

アクメに追い上げられた亜弓の狂乱を悠々と組み伏せながら、一平はさらに腰を振りはじめた。

腰を前後に激しく揺さぶり、背後からパン、パンと媚膣に打ち付けてゆく。

結合部からはひっきりなしに、グチュグチュッという卑猥な音が部屋の中に響く。

張りだしたエラによってかきだされた大量の愛液が、シーツに飛び散ってシミをつくった。

「亜弓さん、すっかり奥に目覚めちゃいましたね。俺の事一生、忘れられないように、もっと奥をほじってあげますよ。もっとイッちゃってください。亜弓さんのイキま×こにたっぷり、俺の精子を注いであげますから」

「ひっ！　ダメぇっ……すっかり一平くんのおち×ぽ中毒なのに、これ以上狂わせないで……あひぃっ、ゆ、許して……ああん、イックぅぅ〜〜っ！」

亜弓は眼が眩《くら》むほどの快感に、絶え間なく襲われ続ける。

膣奥から女体に広がるその愉悦に、全身の筋肉を弛緩《しかん》させて、ただただ若牡の与える喜悦に溺れるのだ。

「あぅぅっ……だ、ダメっ、またイクっ……ああ、また、イッちゃうぅぅ！」

激しく動くたび、一平の裸体から噴き出た汗が飛び散り、亜弓の白い背筋を濡らす。

「あぁ、寝バックなのにこんなに激しく、一平くんのおち×ちんに奥深くまで抉られて……あうん！　またイッちゃう……!!」

スベスベの臀朶に下腹部を擦りつける歓びを噛みしめながら、なおも力強く腰を振る。ギュプッ、ギュブッと掘り返すたびに淫蜜が散る。右手を強引にベッドに挿し込み、媚妻の脇を通過して乳房を鷲掴みに捉えた途端、牝腰が悩ましくビクビクと痙攣した。

「あぁんっ、どうしよう。亜弓、感じちゃうっ。イクのが止まらないのぉ……っ」

互いの肌に相手の温もりを刻み込み、しばしの別れを惜しむ。込み上げる寂《さび》しさが、より深い官能に変換されて二人を途方もない悦楽へと導いてくれた。

「うくっ、あ、亜弓さん、俺も、もうだめです。もうイキそう……！」

連続絶頂にイキ喘ぐ媚妻だが、それでも十分な悦楽を与えられたかは定かではない。ふがいない想いが頭を過《よぎ》るものの、さんざめく射精衝動は、最早一刻の猶予《ゆうよ》もないと一平を急き立てる。

「ちょうだい。一平くんの熱い精液を……。もう一度、私の子宮に！」

そう叫んだ若妻も、既に限界を越えているらしい。女陰がぎゅっと勃起を締め付けて、ぬめる膣襞で牡獣の崩壊を促している。

「おおおおぉっ！　射精《だ》しますよ、亜弓さぁ〜〜ん！」

既に膣の最深部に到達させていた亀頭部を、子宮口にぐいぐいと押し当てる。全身をぶるぶるっと震わせて、夥《おびただ》しい量の白濁を鈴口から吐き出した。

「あはぁんっ、注がれてるぅ……。亜弓、はしたないわね。一平くんの熱い精液を浴びて子宮が悦んでいるわ……。ほおおおっ、イクッ、またイクぅ〜〜ッ！」

一平は、多幸感に包まれながら二度三度と媚妻の子宮に熱い白濁を吹きかける。

絶頂の歓びに打ち震える若妻を背後からきつく抱き締めながら、亜弓と同じ瞬間にイキ果てることができた充実感をしみじみと味わった。

2

「ああ、ついに夏休みも終わりかぁ……」

秋の気配すら感じられない空には、いまだ入道雲がムクムクと湧き出している。

「うん？　一雨《ひとあめ》来るか……？」

一見にわかに掻き曇りと講談で語られるような雲行に、一平は額に手をかざして空を見上げた。

「亜弓さんと窓から見上げた空もこんなだったなあ……」

亜弓が旅立ってからこの数日、ほとんど燃え尽きたように一平は元気をなくしている。とは言え、それは精神的な面だけで、相変わらず精力の方は有り余っている。

ぽっかりと空いた心の穴を埋めるように、昼間はナンパに勤《いそ》しみ、夜には恋菜の元を訪れる毎日。慣れたお陰でナンパの成功率は格段に向上している。むろん、授かった能力が、大きくものを言っている。

けれど、不特定多数の女性と肌を重ねれば重ねるほど、比例するように虚しさを覚えるようになっていた。

牝フェロモンを嗅ぎ当ててしまうせいで過剰に性欲が湧くのか、有り余る性欲に刺激されて発情中の牝フェロモンを無意識に探してしまうのか。そのあたりのメカニズムは、一平自身にも判らない。

「セックスは、コミュニケーションの手段の一つだと思うの……」

そう言っていたのも亜弓だった。けれど、いまの一平は、ただひたすら己の欲望に任せ、性を貪るばかりの淫獣に過ぎない。

特に、ナンパに引っかかるような牝たちとは、おおよそコミュニケーションなど取ある気にもならないのだ。

「だから虚しいのかな……。それとも今更、愛が欲しいとか？」

恋菜と純玲には、愛情を感じている。愛されているように感じる瞬間も多々ある。

けれど、どこか物足りなさを感じるのは、一平は彼女たちにとって治験協力者であるという事実が、頭に拭いがたくのしかかっているからだ。

変わらずに恋菜は一平の妻であると言い、純玲は愛人であると言ってくれる。けれど、それは相変わらず仮想空間でのみのことで、現実には医者と患者であり、看護師と患者、という関係は変わらない。

恋菜と純玲を信じてはいるものの悪く取れば、自分はモルモットなのかもしれないとも思えてしまう。

普通の学生では味わえない〝いい思い〟をさせてもらえているのだから、文句を言う筋合いではないが、どこかでそんな想いがあるからこそ〝虚しさ〟を覚えているのかもしれなかった。

「だったら本当に好いた相手と結ばれるのはどうだろう？」

そう独りごちると、頭に宮前杏里の顔が思い浮かんだ。

「そう言えば、この間のテニスウエア姿、可愛かったなあ……。いや、いや、いや杏里先輩の恋愛対象に俺なんか入るはずがないから」

同じゼミの一年先輩の杏里は、学園のミスコンで二年連続優勝を飾るほどの高嶺《たかね》の花であり、一平などでは釣り合わないことを自覚している。

「せめて杏里先輩が欲求不満でも抱えていれば、アプローチのしようもあるけど、先輩には彼氏がいるし……って、それ以前に、先輩に限って欲求不満なんてあるわけないし！」

杏里には学園一のイケメンの布川《ふかわ》という彼氏がいることを思い出し、乗り突っ込みして自らの想いを否定した。

「あと、恋人にしたいような人、今はいないしなあ……。いっそしばらく部屋に引きこもるか？　外に出るから匂いに誘われて、獣になってしまうのだから……」

そう思い当たった一平だが、それもいつまで続けていられるか。二、三日ならまだしも、何日も続けば暇を持て余すであろうし、そもそも食事の心配もある。

買い物ひとつするにも、部屋を出ない訳にはいかないのだ。

「虚しかろうと何であろうと、いまの生活をもうしばらく続けるしかないのかも……。そのうち好きな人も現れるさ。第一、引きこもってちゃ出会いもないしな」

結局一平は、己の自堕落な行いを継続する免罪符を出した。

いずれ身を亡ぼすことになると判っていても、楽観的な性格もあり、ラクな方に流されてしまうのだ。

「おわああっ！　ついに降ってきた！　これが天罰か……？」

講義だけは真面目に出席するつもりで、大学に向かう途中だった。

通り雨と言えば聞こえがいいが、いわゆるゲリラ豪雨が、あっという間に降りはじめた。

傘も持たずに歩いていた一平は、またたく間にずぶ濡れになる。

慌てて学舎に向かって走り出した。

3

「うわぁ、パンツまでグショグショで気持ちわりい……」

ずぶ濡れのシャツの裾をエントランスで搾ると、ポタポタと雨水が滴るほど。

さすがに、このままでは講義を受ける気にもなれず、やむなくゼミへと向かった。

夏休み明けのキャンパスなのに、むしろ休み中より人影はまばらに思える。

間もなく講義がはじまる時間で、学生たちが各々の講義室に入っているせいもあるのだろうが、「講義に出るのは億劫《おっくう》だけど、大学の雰囲気は好きだ」と言っている友人も多く、そんなだから休み中の方が、活気があるのかもしれない。

かび臭い静かな廊下を足早に通り抜け、呑気《のんき》に一平はそんなことを考えた。

一平が所属する文化人類学の研究室は、比較的奥まった場所に位置する。

いつもの習わしでノックしてからドアノブに手を掛ける。

施錠されているだろうと予想していたが、幸運にもドアは開いていた。

研究室の管理責任者である教授は、学会に出張中である。

それでも、施錠されていないということは、ゼミの誰かが在室しているのだろう。

「誰かいますか？　准教授……じゃないですよね？」

何かと世話になっているものの、小言の多い准教授は、煙たい存在でもある。その彼が在室しているのではと、恐る恐る執務室の方に目をやった。

「やっぱり、准教授も不在か。所用で休講するって言ってたものな……」

ガラス張りの執務室に照明が灯っておらず、主の不在を一目瞭然に告げていた。

「ってことは、誰かが管理棟から鍵を借りて開けたのかなあ……。まあ、いいや。とにかくこのままじゃ、風邪をひくぞ」

相変わらず研究室は本のジャングルだ。ありとあらゆる場所に書物が並び、積み上げられ、詰め込まれている。それも文化人類学という、おおよそ学問として何を研究しているのか、一平にはよく判らない分野の本ばかりが集められているのだ。

図書館や大きめの本屋に行けば、この研究室よりも多くの書物が並んでいるが、こと文化人類学の専門書だけで言えば、ここ以上に並んでいる場所は少ないはずだ。

そして一平は以前にも増して、この研究室が好きになっている。この部屋の雰囲気にお似合いの独特の匂いが好きなのだ。

「簡単に言えば、インクとカビの匂いだけどね……」

独り言をつぶやきながら一平は、ロッカールームの扉を開けた。

個人のロッカーではないため着替えなどは用意されていないが、そこであればタオルくらいは見つけられるはずだ。

ぐしょ濡れの衣服の気持ち悪さに集中力を欠いていたのだろう。一平は、その扉をノックすべきであることを失念していた。

「えっ！」

そこには、思いがけない人物の姿があった。

一平同様にずぶ濡れになったのであろう杏里が、ほぼ半裸に近い下着姿を晒し、きょとんとした瞳でこちらを見つめている。

驚きのあまり二人共にフリーズした。

「きゃあぁ！」

先に脳が作動したのは、杏里。短い悲鳴と共に、すらりとした細身を捻じ曲げながら、胸元を右腕で抱くように守る。伸ばされた左腕は、自らの下腹部に運ばれ、拡げた掌で股間を隠そうとしている。

しかしながら、杏里の細い両腕では、その見事なまでのプロポーションをまるで隠せていない。

特に目を惹くのは、その胸元と下半身だった。

バストサイズで言えばCカップほどなのかもしれないが、お腹から腰回りにかけて鋭角に括れているため、それ以上の大きさに感じさせる。しかも、両腕に強く抱えられているせいで、青い果実がやわらかくひしゃげつつ、一部では乳肌をパンパンに張り詰めさせているのだ。

下半身はと言えば、腰高のヒップラインは少し筋肉質ながら官能味に溢れている。純白の下着が恥丘の膨らみで捩《よじ》れて歪《ゆが》んでいて、健康的に日焼けしたピチピチの太ももが艶光りしながら、まさしく若鮎の腹のようなふくらはぎへと連なっていた。

「うわあああぁ。ご、ごめんなさい！」

杏里の悲鳴に、ようやく金縛りが解け、遅れて反応する一平。半ばパニックのような状態で、謝りながらロッカールームを飛び出し、ほうほうの体《てい》で研究室から走り逃げた。

垣間見たキャンパスクイーンの下着姿だけが脳裏にしっかりと刻まれていた。

4

「私の裸を覗き見た一平くんには、償《つぐな》いをしてもらわないと……」

翌日、あえなく一平は、杏里に身柄を確保された。

本来は、その場で土下座でもして許しを請うべきであったと、逃げ出してから後悔しても後の祭り。それでも、きちんと謝ろうと、自首をするように杏里の前に出頭したのだ。

覗くつもりなどなかった。悪気はなかった。不可抗力の出来事なのだと、懸命に弁明をし、幾度も詫びを入れたものの、一向に杏里の機嫌が直る様子はない。

「もちろん、償いはします。でも、どうすれば……」

もとより許されるなら何でもするつもりだ。煮るなり焼くなり、どう料理されても、それでキャンパスクイーンの気が収まるのなら構わない。

「いいから。黙って私についてきて」

挙句、連行された先は、どういうわけか杏里の住む賃貸マンションだった。

(えっ！　なに？　どうして……？)

ようやく一平は、超絶美女が例の甘い匂いを漂わせていることに気がついた。

道中、どうすれば許してもらえるかで頭がいっぱいで、杏里が発する匂いにまで気が回らなかったのだ。

(いや、まさか。杏里先輩に限って……。俺の鼻がおかしいとしか……)

杏里ほどの美人が、何の切っ掛けもなしに牡を誘うフェロモンを発するとは思えない。ましで、一平相手になどなおさらだ。

「先輩、俺にどうしろと……」

「いいからそこに座って」

十畳ほどのワンルームの部屋で、大きなスペースを占めているベッドを指さし、そこに腰かけるよう促される。

何も説明してくれない杏里に、やむなく一平は、その指示通りに腰を降ろした。

「えっ！　先輩、な、な、な、何を……。えええええっ？　せ、先輩ぃっ！」

声が裏返るほど、驚きの声をあげたのも無理はない。何を思ったのか彼女は、おもむろに着ているものを脱ぎ捨てていくのだ。

両腕をクロスさせ自らのカットソーの裾を摑んだかと思うと、大胆にも下からまくり上げていく。

「何をって、償いに責任を取ってもらうの……！」

キュッと引き締まったお腹が露出してから、すぐに容《かたち》のよいふくらみが惜しげもなく晒された。

細身のボディラインにあって、そこだけが豊かに盛り上がる印象のバストは、発育を終えたばかりの瑞々《みずみず》しさを感じさせる。

「もうっ！　この間、しっかり見たでしょう？　なのに、一平くんのHな視線、痛すぎるわ」

そう言いながらも杏里は、ミニ丈のスカートも脱ぎ捨てていく。

華奢なまでに括れたキュートな細さのウエスト。ようやく脂《あぶら》がのりはじめ、熟れの兆しが見受けられる腰つきは、悩ましいまでにしなやかな丸みに充ちている。引き締まった媚尻などは、きゅっと上向きに持ち上がり、グラビアアイドル顔負けに挑発するよう。

人一倍手足が長いため、より均整がとれた印象を受ける。特に太ももは、大理石の如き滑らかな美肌がパンと張り詰めていた。

むくみの一つさえ見られない完全無欠の美脚は、まさしくカモシカのよう。

この夏は、よほどテニスの練習に励んだと見えて、両腕と太ももから足首までが褐色に日焼けしている。それ以外の素肌が人一倍色白であるため、そのコントラストがエロスを際立たせている。

「一平くんの眼、獣みたいね。すっごくギラギラして、いやらしい！　でも、男っぽくていいかも……！」

やわらかく微笑む杏里の貌《かお》には、恥じらいの色が入り混じるようにも見える。けれどその一方で、小悪魔のようなコケティッシュな表情も見え隠れしている。そのどちらもが、超絶美女の素顔であるようだから不思議だ。

しかも、盛んに一平の鼻腔をくすぐる牝フェロモンは、さらに甘く、さらに濃厚になり、たまらない気持ちにさせられる。

「責任を取るって、まさか……！」

見る間に下着姿となった杏里が、その場に固まる一平の側に近づいてくる。

隣に腰を降ろしたかと思うと、圧倒的な魅力に溢れた肢体が、一平の右側の腕にまとわりついた。

ふわふわの頬を純ピンクに紅潮させ、超絶美女が可憐にそっと目を瞑る。

「ねえ、一平くん……」

口から飛び出す寸前にまで心臓がドキドキしている。

(うわあああ……。杏里先輩、超カワイイっ！　そしてヤバイくらい綺麗だ!!)

あらためて一平は、間近に来た彼女の顔を見つめそう思う。

一つ年上なだけなのに、やけに大人びて見える。それでいて、売れっ子のアイドルでさえ容易に太刀打《たちう》ちできないほどにカワイイ。

閉じられた瞼には、くっきりとした二重のラインが刻まれている。この双眸《そうぼう》が開かれた途端、一平は強力な引力で引き付けられてしまうことを知っている。

(眼を閉じて名前を呼ばれたってことは、俺にキスされるのを待っているってことだよね……。キスしちゃっていいんだよね！)

けれど、なぜこんな事態になったのか、頭の中は「？」でいっぱいになっている。

杏里の言う責任を取れとは、どういうことなのかも判らない。否、下着姿でしなだれかかってくるくらいなのだから、何を求められているのか、おぼろげには理解している。けれど、それがなぜ責任を取ることになるのか理解できない。

もしかすると、これは新手のドッキリか何かなのだろうか。杏里の下着姿を見て、逃げ出した罰を受けているのかもしれない。

「ちょ、ちょっと待ってください。先輩！　ちょっとタイム!!」

憧れの先輩とキスしたいのはやまやまだが、あまりにありえないシチュエーションに戸惑うあまり、思わず一平はそう叫んだ。

「もう、意気地なし……。本当は、私としたいのでしょう？　判っているのだから……。せっかくありったけの勇気を振り絞って誘惑しているのにぃ……」

閉じられていた瞼が開くと、非難の色をありありと浮かべ、杏里が唇を尖らせる。キャンパスクイーンではあっても、杏里はテニス競技に打ち込むだけあって、案外肉食系なのかもしれない。

「いや、いや、いや。誘惑されていることはもちろん判っています。俺が先輩とセックスしたいのもご推察の通り。だからこの状況は、ものすごく嬉しくて、ち×ぽなんて勃ちっぱなしで……」

恥を忍びながらも一平は、自らの下腹部を示した。杏里にどれほどおんなとしての魅力を感じているか、まずは理解して欲しいからだ。

「だったらなおさら、私のこと押し倒しちゃえばいいじゃない。据え膳食わぬは男の恥って言うのでしょう？」

「でも。でもですよ。訳も判らずに先輩を押し倒すのは、なんか違うって言うか……。なし崩しに、そんな関係になりたくないです。俺、先輩に憧れていて……。先輩が好きで……だから、余計に……」

ずっと杏里に片思いしてきたからこそ、己の獣欲を満たすよりも、彼女を大切にしたい思いが勝っていた。

「あぁ、一平くん。うれしい！　私、一平くんのその言葉を待っていたのよ。なのに、一平くんったら、いつも煮え切らなくて……」

「煮え切らないも何も、杏里先輩には布川先輩という彼氏がいるじゃないですか。だから俺なんか見向きもされないだろうって」

「そっか。そうよね。やっぱり布川君のこと気になるわよね。あのね。ここで話すことは、絶対に秘密にしてね……。実は、布川君ってゲイなの。それを隠すカモフラージュ役を、私が引き受けていたの。布川君とは幼馴染だから……」

なるほど、そんな事情があったとは知らなかった。いくら鼻が利いても、ゲイを嗅ぎ分けることはできない。

「でも布川君、最近パートナーができて、もうゲイだってことを隠す必要もないからって言ってね……。そうしたら私、なんだか寂しくなって、恋人が欲しいなって……」

少なからず布川とは同じ時間を過ごしてきたのだろう。親友のような相手が、突然恋人を作り、離れて行ったのであれば、寂しさを感じるのも不思議はない。

「それでね。一人になって私、気づいたの。気になったって言った方が正しいかな……。一平くんが、私のことをずっと見てるって」

急に話が一平の下に舞い戻り、ドキリとした。杏里の頬が上気しはじめたのも、尻を落ち着かなくさせるに十分な効果があった。

「た、確かに、俺、杏里先輩のこと見ていました。先輩が俺の恋人だったらいいなとか、いつも妄想していたし……」

杏里の熱い視線にほだされるように、一平は白状した。ムズ痒い胸の想いを一切飾ることなく。

「うふふ。やっぱり妄想していたんだ……。私を見つめながらエッチなことも考えていたのでしょう？　私、判っちゃうんだ。実は私、とっても鼻が利くの……。信じられないかもしれないけど、そういう時の一平くん、エッチな匂いをプンプンさせているのよ」

その杏里の言葉に、思わず一平は口をあんぐりと開けた。開いた口が塞がらないとは、まさしくこのこと。

　これまた恋菜の受け売りながら、一般に、男性よりも女性の方が嗅覚に優れているそうだ。それも女性の脳には、嗅覚中枢の細胞が男性よりも平均で四十三％、神経細胞は五十％以上も多く存在することが研究で証明されているらしい。

　つまりは、最低でも一・五倍は、おんなの方が匂いに敏感であるということだ。しかも、嗅覚には個人差がある。中には、犬並みに嗅覚が優れた人間もいると聞く。

　恐らく杏里も、かなり優れた嗅覚の持ち主であるようで、一平と同様に異性のフェロモンを嗅ぎ分けている可能性があるのだ。

（うわあああぁ……。人の匂いばかり嗅いでいる癖に気づかなかった。嗅がれる側になるって、恥ずっ……！）

　ぼっと頬が赤くなるのを禁じ得ない。耳までがひどく熱い。

「うふふ。ほら、またエッチな匂いがしてきたわ。汗に混じって、ちょっと酸っぱい感じの匂い。ああ、でもこの匂いを嗅いでいると私、ドキドキしてくるの。特に一平くんの匂いには、エッチな気分にされてしまって。だから、その責任を……」

　杏里の心臓が早鐘を打ちだすのと同時に、彼女からも甘くねっとりとした匂いが漂ってくる。責任を取れとは、つまりそれを鎮めて欲しいと訴えているのだ。

途端にドクンと先走り汁が鈴口から溢れ出たのを感じ取った。同時に、発情臭をさらに発散させたであろう自覚も。

その一平の発情臭に呼応して、キャンパスクイーンも発情臭を立ち昇らせている。

（きっと、俺の牡《おす》フェロモンに杏里先輩は、無意識のうちに発情しているんだ。そして俺も、先輩の牝《めす》フェロモンに堪《たま》らなく発情してる……。ああ、発情連鎖が止まらないよぉ……！）

一平が感じていることと同じことを、どうやら杏里も感じているらしい。

トロンと潤みはじめた瞳がそれを物語っている。

相手のハートを即座に鷲摑みにするほどの特有の目力は、すっかり蕩けてしまい、ただひたすら「キスして」と訴えかけてくるように見えてならない。

「やばい。キスしたい……」

シャイな一平が、いつになくさらりと思いを口にする。

「キス……しちゃえば……いいんじゃない」

まるで他人ごとのように言う杏里が可愛い。

一平がそっと顔を近づけると、瞼が静かに閉じられる。

やや薄めながらもぽちゃぽちゃっとした桜唇に、やさしく自らの唇を押し当てた。

瑞々しい唇は、触れた途端にスッと溶けてしまいそう。まるで雪のひとひらに口づけするようだ。熱を孕んでいるのに、なぜか冷んやりしている感触が、そう連想させた。

唇を離すと、はにかむような笑みを見せてくれる。

大胆な割に乙女な反応を見せる杏里の可憐さに、一平は心を鷲摑みにされた。

「私のことどう思っているのか、もう一度聞かせて？」

「好きです。杏里先輩が大好きです！　ずっとずっと好きでした。きっとこれからもずっと！」

激情に任せて熱い想いを吐露する。その言葉に反応して杏里の匂いが、さらに甘さを増した。

「私も一平くんが好きよ……。ああ、でもどうしよう……。想いを確かめ合ってすぐなのに、このまま身を任せてしまいたいって思うの……。私って、淫らね」

天然の小悪魔が、そう囁いた。彼女の場合、計算して男を誑《たぶら》かすのではなく、ただ感情の赴くままに動き、その愛らしさに周りの男が勝手に振り回されるだけなのかもしれない。

何の思惑もなく、素のまま、ありのままに、そこに存在する杏里。それが勝手に艶めかしく映るのだ。

「一平くんのここ、とっても大きくなっている……。杏里としたい？」

夢中でキスをするうちに、杏里の太ももにごつごつした塊がぶつかっていることを一平も意識していた。それを超絶美女が気遣ってくれたのだ。

「杏里先輩としたいです！　先輩が欲しい!!」

その途方もなく色っぽい眼差しに促され、一平は熱く求愛した。

5

「まずは先輩のおっぱいを見せてくださいね」

許しを乞うておきながら、その返事が来る前に桜唇をキスで塞ぎ、一平は杏里の両脇に手を挿し込んで、その背中に着いたホックを外しにかかる。

そのふくらみをやわらかく覆う下着は、白地にピンクの花柄模様の刺繍がふんだんに施されている。先日、目にしたものよりもよほど繊細な勝負下着であるらしい。

ブラジャーを脱がす作業は、宝箱を開けるに等しい。

開くまでは、凄まじい感動と興奮に見舞われ、そこに眠るお宝をワクワクしながら想像する。そして一度秘密の扉を開くと、そこにはこの世のものとも思えぬ美しいお宝が心まで魅了してくれる。

それもただのおんなの乳房ではない。誰もが恋するキャンパスクイーンのふくらみなのだ。こんなことが知れたら、学園中の男たちの羨望と嫉妬まじりの視線だけで、一平は焼き殺されてしまうだろう。

（それでもいいや。杏里先輩のおっぱいを拝めるなら……）

それも甘い桜唇を舐りながらなのだから、一平の手指が震えるのも無理はない。

「ちゅっ！　ちゅちゅっ……ふむん…ん……ぷちゅ～～っ」

天にも昇る心地で、うっとりと天使の唇を何度も愉しむ。穏やかなキスだったが、興奮はうなぎ登りに急カーブを描き、自らが暴走せぬよう押さえるのに必死だ。

何せ唇を求めるのは一平からばかりでなく、杏里の方からもしてくれるのだ。

一平が唇を離すと、今度はマシュマロのようなやわらかさが、遠慮がちにくっついては離れる。

しかも、啄《ついば》まれるのは唇にとどまらず、瞼や頬、おでこや鼻の頭と、顔のいたるところに押し当てられ、また唇へと戻ってくるのだ。

角質を食べてくれるドクターフィッシュのようなやさしい愛撫。くすぐったいような、蕩けるような口づけだった。

お返しとばかりに、彼女を真似たキスを返す。

「うぷぷぷ……もちょこいぃ……ああん、でも、とってもしあわせな気分……」

「もちょこいって何？」

きょとん顔で尋ねる一平に、愛らしく杏里がチロッと舌を出した。

「あぁ、方言が出ちゃった。くすぐったいっていう意味の北海道の方言なの……」

「ふーん。そうなんだぁ……もちょこいかぁ……なんか、かわいい言葉ですね。キュンとした！」

そんな甘い会話を交わしながら、ようやくホックが外れた。

「いいのですよね？　杏里先輩を裸にしても……」

口では許可を求めながらも、手指はブラジャーのゴムが縮むのに任せてしまう。

紅潮した頰が縦に振られた頃には、ブラカップがはらりとずれ落ち、胸元を御開帳させてしまった。

「えへへ。フライングしちゃった！」

内心の緊張を悟られぬように笑ってみせる。けれど、心臓がバクバクと大きく鼓動するのを抑えようがない。

「はぁ〜〜っ。杏里先輩ぃっ……き、綺麗過ぎて、目が眩みそうだよぉ！」

想像を遥かに超える美しさの双乳が、惜しげもなくその全容を晒したのだ。

細く華奢な女体に、そこだけが純白に盛り上がっている。

カットソーをパンパンに張り詰めさせていた正体がこれなのだ。

「ああっ……」

さすがに恥ずかしいのか、超絶美女が短い吐息を零した。

目を血走らせ凝視する一平に、杏里はその表情を強張らせている。

「こ、これが先輩の生おっぱい……。き、きれいだぁ……！」

見た目に大きいと感じさせるのは、彼女のウエストが鋭角に括れているからで、実際はDカップに満たないといったところだろうか。

ひどく容《かたち》がよく、ツンと上向きのフォルムが気高い品を感じさせる。

抜けるような乳肌の白さと、驚くほど可憐な乳首の存在が上品さを際立たせるのだろう。薄茶色の可憐な小さな乳輪は、白皙《はくせき》の肌とのコントラストが鮮やかだ。

「こうして見ると、やっぱり杏里先輩、日焼けしていますね。おっぱいだけが、こんなに白い……」

「ああん、言わないで。恥ずかしい……。仕方がないじゃない。ついこの間まで、テニスばかりだったのだから……」

身を捩《よじ》り恥じらう杏里に合わせ、純白の鳩胸がやわらかくも大きく揺れる。

その扇情的な眺めに誘われ、一平は大きく肉柱を嘶かせた。

「まあ、おち×ちん逞しい。やっぱり一平くんも、おっぱいが好きなのね……」

ズボンの前が蠢くのを目の当たりにして、キャンパスクイーンが目を丸くした。

「男の人は、みんなそう。テニスの試合の時も、嫌な視線を胸に感じるもの」

ただでさえ人目を惹く超絶美女の乳房なのだから、男たちの視線がそこに貼《は》り付くのは当然だろう。テニスボールを追い彼女が軽快に動くに連れ、悩ましく上下する胸元は、殺人的ですらあるのだ。

「おっぱい好きは認めますけど、杏里先輩のおっぱいだからで……その……やっぱり、すごく綺麗だから、つい……」

TVやグラビアなどで巨乳を誇るアイドルやタレントは数多《あまた》いる。大きさだけで言えば、杏里より大きなアイドルもざらにいる。けれど、どんな乳房より杏里の均整のとれたバストの方が、一平にはより魅力が感じられる。

「うふふ。一平くんは素直でよろしい。おっぱいばかりジロジロ見られるのは気持ち悪いけど……。綺麗だって褒められるのは、やっぱりうれしい……」

たくらむように囁きながら超絶美女の瞳が妖しく潤んでいく。彼女の手が、一平の手首を捕まえ、そのまま自らの胸元に導いてくれた。

「触って……。大丈夫よ。私、バージンじゃないし、一平くんになら触って欲しいから……」

その言葉通り、彼女の肉体は男を迎《むか》えるため、すでに発情しはじめていた。肌に細かい汗が浮かび、下腹部の奥から甘酸っぱい蜜が分泌され、醸し出される牝の臭いを一平は敏感に嗅ぎ取っていた。

「ああん、どうしよう……。胸を触られるだけで、すごくドキドキしちゃう……」

自身の昂り具合に戸惑っているようでありながら、媚びるような瞳を一平に向けてくる。

「先輩のおっぱい、凄く瑞々しい感じ……！　やわらかくて指に吸いついてきます……。乳首も大きくなって、すごくエロい……！」

指摘の通り、興奮のせいか左右の乳首をカチカチに勃起させている。

そっと撫でるだけだった愛撫も次第にエスカレートし、鳩胸を下方向から揉み上げ、尖った乳首を掌底に擦り付けて、柔乳に指を沈める。

「本当は、乳首、恥ずかしいの……。ピンクならよかったのに……」

そうつぶやいた杏里の顔を一平はまじまじと見た。

完全無欠と思えたキャンパスクイーンが、そんなコンプレックスを抱えていることに正直驚く。

「えーっ！　先輩の乳首、すごく美しいですよ。キャラメル色も、ちょっとエロいし……。ヤバイくらいそそられます！」

言うが早いか、一平は唇をツンと尖らせて、ちゅるんと乳首に吸い付けた。

「あん！　ああ、一平くぅ～ん……っ！」

いきなりそこに吸い付くのは、正直、時期尚早。女体の中心の遠くから愛撫していくべきことはこれまでに学んでいる。けれど、そうすることで杏里のコンプレックスを少しでも軽減できるかもと考えたのだ。

「ほら、ほら、涎で濡れ光るともっと綺麗になる！　金色に輝くみたいじゃん！」

一平は心から誉めそやしながら、勃起した乳首を指でも摘まんだ。

乳丘にぷっと吹き出した汗の粒が、筋をなして谷間を流れ落ちていく。

「ひうっ！　んぁ、ぁ……。一平くん、やさしいのね。そんなこと言われたら私……責任を取ってくれるの？」

「もちろん！　責任は取ります！」

躊躇いなく返す一平に、杏里が美貌をトロトロに蕩かせ、いよいよ本気の牝臭が漂ってくる。

発酵したイースト菌のような仄かな酸味の中に、レンゲの蜂蜜とヴァニラを混ぜ合わせたような匂い。さらにその奥にツナのような海系の匂いも感じさせる。

（ああ、これが先輩の発情臭。今まで嗅いだ中で、一番好きかも……）

後遺症を発症して以来、意識的に嗅いだり、無意識に吸い込んだりと、様々な牝臭をその敏感な鼻で嗅いできた。その中で匂いが指紋のように、個々によって違いがあり十人十色であることに気がついた。

しかも、普段の体臭と発情臭とでは、さらに違いがあることも学んでいる。

そして当たり前ながら一平にも、匂いに好みがあることを自覚している。

中でも、杏里が発する匂いは、普段の体臭はもちろん、牝フェロモンや発情臭までもがドストライクで、たちどころに一平を酩酊させてしまうのだ。

（多分、杏里先輩は、俺にとって文字通り理想の相手ってことなのだろうな……）

嗅覚が、大脳の中の一番動物的本能に近い部分に直結しているのは、ＤＮＡを受け継ぐ子孫を残すために理想的な相手の匂いを嗅ぎ分け、さらには自らの匂いで相手の発情を促しているからなのかもしれない。

しかも、杏里もまた、その鋭い嗅覚で一平を牡として選んでいる。すなわち、杏里にとっても一平は理想的なＤＮＡの持ち主であるはずなのだ。

（ああ、やばいっ！　杏里先輩と俺は、お互いに理想の相手なんだ。これって最高にしあわせじゃん！）

あるいはそれは一平の勝手な思い込みかもしれない。けれど、その妄想にも近い思い込みが、多幸感を伴《ともな》って一平をさらに昂らせていく。

たまらずに一平は、見境なく彼女をベッドの上に押し倒した。

「あうんっ！　あっ、あぁっ、一平くぅ～んっ」

砂糖菓子より甘い声には、全く嫌がる響きがない。むしろ、彼女の手が一平の後頭部に伸びてきて、やさしく撫でさすってくれている。

どんなに奔放に振舞おうと、杏里がビッチなどではないと一平は知っている。こうして互いに素肌を合わせていると伝わるものがあるのだ。

「好きですっ。俺、杏里先輩が大好きですっ！　こうにしていると愛しさがどんどん込み上げてくる……。もっともっと先輩のことを好きになる！」

溢れる想いを口にすると感情が一気に膨れ上がり、さらに分身が激しく疼いた。

「一平くんの……。杏里のお腹にあたっている……」

そのか細い声。睫毛《まつげ》を震わせ、恥じらう美女。

「すごいのね……凄く、大きくって、怖いくらい……」

大人びて見えていた彼女が、乙女な反応を見せてくれる。

成熟を終えたばかりで、未だ美少女と大人の中間にいるような杏里だからこそ、その両方の顔を垣間見せるのだろう。

「杏里先輩！」

ゾクゾクするような興奮に打ち震え、一平は掌にジャストフィットする乳房の表面をやさしく撫で擦りながら、その首筋に唇を這わせた。

「んっ！　んふう……」

躊躇いがちな吐息に誘われ、劣情の赴くままに両手を広げ、乳肉を熱心に揉み潰していく。やわ肉に指を食いこませるたび、超絶美女のカラダから力が抜けていくのが判る。

「んっ、んんっ……。潰れるくらい握られてるのに、ジンジン痺れちゃうぅっ」

想像以上にやわらかい上に、心地よい弾力で指を跳ね返してくる。

夢中で、肉房を指と指の間からひり出しては、掌底に乳蕾を擦りつけ、甘い喘ぎを搾りだす。

揉めば揉むほど、彼女の股間から愛蜜が分泌されるのを匂いで感じている。

新陳代謝の激しいお年頃である上に、恐らく杏里は分泌物の多い体質なのだろう。すぐに薄い布地の吸水量が限界を迎え、発情臭をさらに濃密にしていくのだ。

「ふぅ、ふぅ……。ああ、杏里先輩の肌、超甘い！　それに物凄く滑らかで、シルクに口づけしているみたい！」

首筋から耳朶を舐め取り、またその顔中に口づけしてから、今度はデコルテラインに唇を運ぶ。

繊細なガラス細工さながらの鎖骨にしゃぶりつくと、熟成途上の女体がびくんと悩ましく反応した。

「んっ！　んふんっ……。んんっ！　あっ、あんっ！」

噤《つぐ》まれる唇が、時折破裂しては、官能の調べを漏らす。その耳に心地よい声がもっと聴きたくて、一平は女体のあちこちを探索するように唇を這わせていく。

乳房を弄ぶ掌は、下乳や側面、副乳のあたりにも手指を伸ばし、やさしい刺激に変えさせている。乳肌を火照らせることが肝要と、時間をかけてあやしていくのだ。

「あん。一平くんのやさしい手つきや……んんっ……やわらかい唇が……杏里の肌に触れるたび……エッチな声を我慢できなくなっちゃう……」

「俺もあちこちが気持ちいい。手も、口も、くっつけている肌も……。それだけじゃない。先輩のエッチな声が耳を刺激してくれるし、いやらしい匂いとかでも興奮させられて……ああ先輩、やばすぎっ！」

自らの言葉にも激情を昂らせ、一平は、目の前でグニグニと歪《いびつ》に形を変える乳房に目を爛々《らんらん》と輝かせながら、先ほどは触れていない左の乳首に吸い付き、そのまま引っ張りあげた。

「ひぅ……っ！」

超絶美女の女体がビクッと跳ねた。

衝動に任せた動きは、一平が彼女に夢中になっている証し。それが嬉しいらしく、おんなの悦びを湧き立たせている。

「あんっ、あうっ、ああん……」

多少痛いくらいに扱われたほうが一平の情熱が伝わり、それが杏里の肉体へ伝播《でんぱ》するらしい。

しかも、一平が鼻を利かせて、次々と性感帯を探り当ててしまうから、華奢な肩をビクビクッとあからさまに震えさせてしまっている。

「ちゅ、ふはぁぁ……んっ、これ……脱がせちゃいますねっ」

一平はグショグショに濡れたパンティの上部をつまんだ。

軽く摘まむつもりが、緊張から指先に力が篭《こも》る。

「あんッ」

緊張しているのは彼女も同じらしく、まぶたを固く閉じ、両手で顔を隠した。

(ついに先輩のオールヌード、それもおま×こを見ることができるんだ!)

ひと息吐いて、ゆっくり薄布を引き剝いていく。

褐色の美脚とは対照的に、陽に当たったことのない色白な下腹部が露わとなる。

さらにパンティを引きおろすと、見事な逆三角形の陰毛が姿を見せた。

(おおう。これがキャンパスクイーンのマン毛か……)

漆黒の秘毛を三本の指で髪をすくように、そっと撫でた。

彼女のサラリとした髪とは違い、すべての毛がゆるいカーブを描いている。

「あんっ、一平くん、そんなこと恥ずかしいわ」

秘毛をチェックされるのは耐えられないのだろう。杏里がイヤイヤをするように腰を揺すった。

「ごめん、ごめん。判った……」

再びパンティを摘まみ取り、ゆっくりと引き下げていく。ゆるやかな丘を縦に走る秘裂があらわれた。

羞恥を誘うつもりで焦らすように下げていたが、もう耐えられなかった。一気に薄布を足首から引き抜いた。

（やったぞ。杏里先輩を裸にしたぞっ！）

パンティを投げ捨て、ようやく視線を下腹部に集中させた。

漆黒の秘毛に連なる悩ましいおんなの秘裂が覗いている。

初々しくほころぶ純ピンクの膣口と、その周りを控えめに飾る花菖蒲が顔を覗かせている。

女性器とはもっと生々しく、時にグロテスクにも感じるはずのものではなかったか。けれど杏里のそれは、幼気であり、清楚であり、美しくすらある。

可憐そのものの外見に反し、その内部はおんなとして早熟しているのか、複雑な構造があえかに開いた蜜口から覗き見える。

恐る恐る手を伸ばし、宝物に触れるように、やさしく撫でてみた。

「ああんッ！」

ビクッと驚くほど大きく裸身が震えた。思わず一平が手を離してしまうほど大きな反応。

「ご、ごめん。先輩、触るからね」

黙って触れたことが、驚かせたのだと思った。

今度は慎重に、ゆっくりと中指で秘裂を辿る。

「あっ……!? んんんっ！」

唇では、またしても乳首を含み、指先は大陰唇を愛でるように蠢かせる。ゆっくりと楕円を描くようになぞり、やさしく蜜口をくつろげさせる。

途端に、トプッと蜜液が吹き零れ、一平の指をしとどに濡らした。

「ううう っ……。あっ、ああん……」

微妙に指先を花弁に触れさせる。

触れるか触れないかの指戯で焦らしてから一転、わざと下品にいやらしい音を立てて花びらをなぞり、縦溝に浅く指を出し入れする。

「あぁんっ。ダメぇ、はひぃ、腰がっ、お股が蕩けるぅっ。ゆ、指でされているだけなのに、どうしてこんなに気持ちいいのっ。恥ずかしいのに、ひあぁぁ～っ」

わななきの止まらぬ小陰唇をグニィと左右に引っ張り、内部まで曝《さら》け出させた膣穴の中央に指を差しこむ。

クチュクチュと指で掻き回すと愛蜜が膣奥から滾々《こんこん》と染みだし、可憐な牝孔《めすあな》がしとどに濡れそぼってゆく。

「あああ……。エッチな音がしてる……。淫らなお汁が……止まらない……。ああああぁぁ～っ……」

杏里は恥じらいながらもうっとりとした表情を浮かべている。目を閉じ、口角が上がり、官能に美貌を歪《ゆが》めながらも、敏感になった花弁を指で愛撫される感覚を味わっている。

「あふっ、き、気持ちいいの、一平くん……。ああ、お汁が溢れちゃう。ごめんなさい、私こんなに淫らで……。ああ、でも、止まらないのよ……」

「構わないよ。感じてくれている証拠なのだもの。俺もうれしいよ……」

「う、うれしいだなんて……。ああん、こじ開けちゃいやぁん。お汁がもっと溢れちゃうわ。あ、ああ、ダメよ……」

「ダメなんてことないでしょう。こんなに感じてくれているのだから……。ほら、今度はもっと咥えさせてあげるよ！」

言いながら一平は、中指に人差し指も添え、いきなりうねる膣穴に埋めこんだ。

刹那に、ブチュッと信じられないほど大きな粘着音を鳴らし、膣内に分泌されていた大量の淫液が飛びだした。

「あああああぁぁぁ〜〜っ！」

妍姿艶質《けんしえんしつ》の女体が、ぶるぶるぶるるっと派手に身悶える。

「ダメぇ、ねえダメなの。ああ、そんなにほじくり返さないでぇ……。アソコが……お、おま×こが疼いて、恥をかいてしまうわ……」

イキそうと告げられ、さらに一平は見境を失った。

憧れのキャンパスクイーンを絶頂させられるかもしれないと思うだけで、射精してしまいそうなほどの悦びが込み上げてくる。

「イッて！　杏里先輩のイキ貌《がお》を俺に見せて！　先輩ぃぃ〜っ」

「ああ、いいわ。杏里のムズムズするおま×こをほじって！　もう、たまらないの……。お願いよ、一平くん。……杏里をほじって……！」

もはや恥語を口にしている自覚もないほど杏里が兆している。本能的に女体が絶頂を欲して、若牡を挑発するのだろう。

一平は要望に応え、骨太の指で忙しく膣奥に抜き挿しさせた。同時に、体を下方に移動させ、舌先で淫核を捉える。

「ふひいいいッ！」

刹那に、悲鳴にも似た喘ぎが漏れる。軽い愛撫でも感じるのだろう。超絶美女が顔をのけ反らせた。

「んあっ、あっ、ダメ、ああっ、舐めるの、ダメぇ！」

身悶える杏里の股間にさらに顔面を密着させ、クンニリングスを続ける。

考えるよりも先に舌が伸びた。尖らせた舌先で小さな突起をつつき、蜜口からさらに淫汁を溢れさせる。

(こんなに敏感なんだ……。もしかして、本当に先輩をイカせられるかも……！)

再び、舌先で小豆をスッとなぞりあげてやる。

「あッ、ああああああぁぁんッ！」

美しい裸身が、驚くほどググッと弓なりに反り返った。

あからさまな反応に気をよくして、唇で包皮の上から牝豆を挟み、さらなる刺激を送る。ついには頃合いを見てフードを剝き、勃起した女核を指で転がし、さらに舐め回して二十一歳を啼かせる。

「あっ、ああっ、そこっ。そこはぁ……んっ、んふぅっ、あっ、あぁっ！」

虚空を摑んでいた杏里の手が、いつの間にか一平の肩を摑んでいた。ときおり切なげに爪を立て、引っ搔いてくる。Tシャツの上からでも軽い痛みを感じる。けれど、かえってそれが一平の昂りを呼んだ。

「あぁぁッ！　ダメ……ダメよぉ……恥ずかしいのに感じちゃう！　んはぁァ！」

セリフとは裏腹に強烈に締めつけてくる蜜壺を丁寧に掻き混ぜる間も、硬くなった牝芽への舌責めを続ける。

挿入させる指を二本に増やし、交互に折り曲げるように動かすと、杏里の漏らす声は、すっかり兆していた。

「ああん、あっ、あぁっ、ダメぇ、中で、ぐにぐにするのダメなのぉ……はっ、はあぁっ。お、おま×こがいいのっ。くふっ、んふぅぅ、クリトリスも痺れて、あぁぁぁ、は、弾けそう……っ」

かぎ指で恥丘の裏を擦りたて、さらに膣肉を甘い媚悦に痺れさせていく。中から押しあげられ、さらに勃起した陰核を、ぢゅちゅちゅっといやらしい水音を立てながら吸い付ける。

「い、一平くん。杏里、イキそうっ。ほ、本当にイッていいのっ？」

牡獣の指と舌先の同時責めで、キャンパスクイーンの官能は一気に絶頂へと追い立てられたらしい。杏里が焦燥感に駆られるように媚声をあげた。

「もちろんだよ。ほら、我慢しないで……」

一平は指と舌の位置を入れ替え、超絶美女に与える快楽に変化を付けた。

「先輩のま×こから、発情したおんなのいやらしい匂いがするよ」

杏里の芳香を鼻先でも味わおうと、伸ばした舌を淫裂に埋めた。

「いや……ああ、熱いっ。そこは口をつけるところじゃないわ。ダメよ……」

イヤイヤと首を左右に振ってレイヤーカットの髪をなびかせ懇願する杏里。けれど、卑猥にのたくる牡舌は、牝肉をこってりと舐りあげ、淫らな快楽を容赦なく引きずりだす。

こみ上げる愉悦を示すように蜂腰が高く浮き上がり、超絶美女が扇情的な人間橋を描いた。

可憐なつま先と背中でかろうじてカラダを支えたまま、カクッカクッと腰を上下させて身悶えている。

「へん輩……。しぇんぱいいいいいいぃ！」

ぽってりと腫れた恥丘に大口を開けて丸ごとかぶりつき、モニュッモニュッと唇で揉みほぐし、やわ肉を口いっぱいに味わう。

ジュルジュルと牝汁を啜り上げては、代わりに媚肉へネロネロと唾液を塗りこめ、超絶美女の新品同然な膣穴を淫猥な牝穴へと変えてゆく。

「あはぁっ、あっ、あはぁ〜っ！　お、おま×こが熱いぃ、疼きが収まらないのっ。

一平くんに食べられると、お乳も、おま×こまで淫らに変わってしまうのぉ〜っ」

「ははっ、ビクビクしっぱなし。イキそうなんでしょ。ほら、おま×こでイッてみせてっ！」

ヒクヒクとわななきが止まらない蜜《みつ》塗《まみ》れの媚肉にブチュリと吸いつき、膣襞を唇でムニィ〜と引っ張って思いきり吸引する。

同時に包皮からチョコンと顔を出した陰核をクリクリと指で弄《いじ》り回してやれば、女体に快感の電撃が迸り、ガクガクッと激しく痙攣して反り返った。

「ひあぁぁぁっ!? お、おま×こがはじけるぅ〜っ！ い、いくっ、イクぅっ！ たくさん舐められて、おま×こが、イッてしまうぅ〜っ!!」

くねり暴れる柳腰を両手でがっちりと掴み、絶頂のヒクつきが止まらぬ媚肉をとことんまで味わい尽くす。

「お願い……お願いだから一平くん……もう、許してぇ……。このままじゃ、苦しくて……あぁっ、またっ!! あああぁぁぁぁ……」

「先輩大丈夫？ イキっぱなしだね。でも、もう少し……。杏里先輩のこのカラダなら、もっと大きな快楽でイキ果てることができそうだから……」

テニスで鍛えられた杏里のボディならば、まだ先がありそうだと、その匂いが告げている。一平だから判るその感覚。

優しい言葉と共に肉豆を強く吸う。膣穴もさらに激しく掻きまわした。

震えあがるほどの高揚感で女体を責め立てる。

（あの杏里先輩が……。キャンパスクイーンが……！　俺の目の前で本気のイキ恥を晒すんだ！）

眩《まばゆ》いローマ彫刻のような女体が淫らに跳ねまわる。杏里が一際大きな嬌声を、一平への詫び言と共にあげた。

「ああっ、ごめんなさいっ。杏里、またイッちゃうわっ。ひぃん、あひぃっ、おま×こイクのっ、果てちゃうの。一平くんっ。杏里だけがイクのを許して……っ。あぁあ、あなたの指と舌でおま×こが……イクっ、あぁイクぅぅ～～っ！」

官能の高みに昇った肢体が硬直し、ブルブルと痙攣する。甘く強烈な快感が全身に満ち、鳥肌と脂汗を止められずにいる。

強烈で狂おしい快美感が膣から全身へと弾け飛ぶ。よほどの衝撃だったのか、恥を捨てて淫らに喘ぎ鳴く杏里の膣奥から淫蜜がプシャッと噴きだし、一平の顔を淫らに汚した。

「あぁ、あはぁぁ……。は、恥ずかしぃ……。恥ずかしいのにイクの止められない……ああ、ダメなの、頭の中が真っ白になって、何も考えられないの……」

おんなの悦びに満たされながらも、恥じらいを捨てられずにいる杏里。大きな絶頂感が過ぎ去っても甘美な余韻を残すのか、イキきったカラダをベッドに沈め、桜唇が恍惚の吐息を幾度も漏らす。

「……杏里先輩。気持ちよかった？」

「はぁ、はぁ、はあぁぁ……。あ、い、一平、くん……」

ようやくキャンパスクイーンが瞼を開くと、見下ろす一平の視線とぶつかり、あまりの気恥ずかしさに自らの美貌を両手で覆った。

6

「イッてすぐのところ悪いけど、挿入《い》れちゃってもいい？　あんまり先輩が色っぽくイキ恥を晒すから俺もう、我慢できそうにないんだ……！」

露わにした乳房の上下動が落ち着いた頃を見計らい一平は、そう声を掛けた。

すっかり全身が脱力しベッドにカラダを横たえているキャンパスクイーンを見下ろしていると、たまらない征服感が一平の胸を満たす。

これから杏里は、後輩ではなく一人の男として自分を見てくれるだろう。何度も妄想した超絶美女との性交は、想像を超える興奮と極上の体験だった。

（一度きりで終わらせたくない。もっともっと、何度でも抱きたい……！）

そのためには、杏里の本能にまで訴え、一平が彼女の牡であることを刻みつけなくてはならない。孕ませるくらいでなくては、自分のおんなにした実感も沸かない。

（みんなのキャンパスクイーンを俺だけのモノにする！　全学園の男どもから寝取るんだ……！）

獣のような欲望が股間で激しく疼いている。

手早く一平は、身に着けていた服を全て脱ぎ捨てた。

「ああん、すごく大きい。一平くん、そんなに大きいの？」

絶頂の余韻に朦朧《もうろう》としていたはずの大きな瞳が、しばしばと二、三度瞬《また》く。これが自分の中に挿入《はい》ってくるのかと、怖じ気《おけ》づいたような表情をしている。

しっかりと皮の剝けた肉柱の威容は、グロテスクに映るのだろう。

事実、我が持ち物といえども、客観的に見て、その輪郭といい、血管の這いまわる禍々《まがまが》しい雰囲気といい、確かに凶悪な塊としか思えない。

ましてや杏里は、一平とわずかに一歳しか離れていない二十一の若さなのだ。

バージンではないにしても、ゲイの幼馴染をカモフラージュする役を担っていてはボーイフレンドを作れるはずもなく、その肉体経験は少ないのかも知れない。

「杏里が知っているおち×ちんと全然違う……。こんなにごつごつしているなんて……。ねえ、これ痛くないの？」

興奮と好奇心が、まん丸くさせた瞳に宿っている。

すでにイキ恥を晒したせいで慣れが生じたのか、やはり一平が年下であるせいなのか、気安く人差し指を伸ばして、側面をツンツンと突いたりするのだ。

(ああ、杏里先輩が俺のち×ぽに触っている……。なんかカワイイ……！)

清楚なお姫さまが、指先で悪戯《いたずら》をしているようで、一平の性欲が熱く滾《たぎ》った。

「すごい。一平くんのおち×ちん、こんなに熱い……」

ついには、肉茎を握りしめ、ひんやりした白い指の感触を味わわせてくれる。

杏里には、一平に奉仕する気持ちよりも、自らの好奇心を満たすための行いであるらしいが、それでも獣欲が激しく湧き立つのを否めない。

心地よい刺激に、たまらず一平は、またしても杏里をその場に組み敷いた。

「あ、杏里っ！　俺、もうどうしようもないよ」

ただひたすら超絶美女と結ばれることしか考えられなくなっている。

そんな一平の切羽詰まった気持ちを黙って杏里は汲んでくれた。

「うふふ。やっと杏里のこと呼び捨てにしてくれた……。いいよ。一平くん、挿入《い》れたいのでしょう？　杏里もして欲しい……」

一平の熱の籠《こも》った視線を感じてか、新鮮な花弁がヒクヒクと震えている。それでいて蜜口は、ジュクジュクと透明な蜜汁でヌメ光りはじめている。

「あ、杏里が欲しい！」

矢も楯《たて》もたまらずに、太ももの間に両手を差しこみ、ゆっくりと美脚を開かせる。

「おおうっ！」

ふっくらとした盛りあがりの中央に一本の亀裂が走り、下方へ行くたびに純ピンクの花びらが、キラキラと愛液で濡れて光っている。

つい先ほどまで舐め散らかしたはずなのに、依然として可憐に楚々と咲く花のよう。それも、憧れていた杏里の、否、何百、何千もの男たちが憧れ、キャンパスの女王として選ばれたおんなの秘芯なのだ。

目を皿のようにして視姦せずにはいられない。

「もう恥ずかしいのだから見てばかりいないで、早くここに……」

促された一平は、できあがった空間に自らの体を運び、女体に覆い被さった。

「一平くん、ごめんね……。バージンじゃなくて……。一平くんみたいな人と結ばれるなら、もっと大切にしておけばよかった」

古風とさえ思える後悔を杏里が口にする。一平は左右に首を振りながら、そんな彼女をさらに愛しく思った。

「俺だってはじめてじゃないし……。そんなこと、どうでもいい。俺は今のままの杏里のことが好きだよ！」

「あ、杏里も、一平くんのこと……」

一平に呼応して、超絶美女がさらに太ももを開いてくれた。

「きてっ！」

艶々の頬をサクランボのように赤く染め杏里が促してくれる。

(ついに杏里を抱くんだ……。キャンパスクイーンとセックスするんだッ！)

猛り過ぎてすぐに跳ね上がる肉柱を指で倒し、亀頭を濡れ孔にあてがう。

「あああっ」

「はあぅっ！」

粘膜同士の熱い口づけに、二人の嬌声が重なり合う。

一平は右手に肉棒を握ったままぐっと淫裂に押しつけた。杏里の淫裂は狭隘ではあるものの、十分に愛液を溜めこんでいたためか、比較的スムーズに牡竿を受け入れる。

グイッと腰を突き出すと、ぬぷっと淫猥な音がして、今にも弾けそうなほど膨らんだ亀頭部が秘孔にめり込んだ。

「あっ……あっ……ああああぁ……!!」

悲鳴にも似た嬌声を聞きながら、さらに腰を押し進め、我慢汁がべっとり貼り付いた肉棒をゆっくりと膣中に沈めていく。

「んっ!!　んんんっ……ああっ……!」

切なげに眉根を折り曲げ、美貌を強張らせて挿入に耐える超絶美女。官能的なその表情をうっとりと見つめながら、血管が何本も浮き出た醜悪な肉棹を蜜壺の中に埋めていく。

「あっ、ああっ!!　あああぁぁぁぁぁ……んっ、んんんっ……」

ルージュ煌《きら》めく桜唇から悲鳴のような嬌声が長々と響き渡り、部屋の空気を淫らに揺らしている。

「すごい……熱くて、キツくて、ぐっしょり濡れてて……。ああ、杏里のおま×こ、なんていいんだ……!」

ただ狭隘なだけでなく、締まりがいい上に、複雑にうねりくねっている。何層にも折り畳まれた肉襞が、絶え間なく擦りつけてくるようで気色いいことこの上ない。

「ああああっ……。一平くんも、素敵ぃ……。カラダの奥まで拡げられて、苦しいのに気持ちよくて……。これが、本当のセックスなの……？　こんなのはじめてで……あん、あああぁぁあんっ」

処女の如き瑞々しい感触を味わいながら、一平はなおも肉棒を進めていく。

ピンクに染まりゆくやわ肌に、ねっとりとした汗が噴き出している。

美貌と両手両脚だけが日焼けし、残りの部分はひどく色白の女体。その白と黒の対比のせいで、どこまでも卑猥に映る。なまじ健康的で均整がとれているだけに、余計に艶めかしいのだ。

「ごめんね、杏里……。でも、気持ちよすぎて……俺、このままだと……我慢できないから……んっ！　んんんっ……」

苦しげな表情で挿入に耐えてくれる健気な杏里に、一平はまたぞろ愛しさが込み上げてくる。

「はあぁぁあんっ!!　あっ、あっ、いいのよ、一平くん……。あなたの好きなように……あっ、あぁぁぁんっ！」

献身的な言葉でも一平に尽くしてくれる超絶美女。その愛情ばかりでなく、瑞々しい肉体でも凄まじい官能を捧げてくれる。

汁気一杯の肉襞がねっとりと包み込み、複雑に絡みつき、絶望的な刺激が牡のシンボルに送り込まれるのだ。

あまりの快感に理性が焼き切れ、一平は一気に腰を突き出し、張り詰めた亀頭を蜜壺の奥にぶつけた。

ふっくらとしたマン肉が、やわらかく付け根の衝突を緩和してくれている。

杏里のどこもかしこもが、若獣を至高の快感へと導いてくれるのだ。

「すごいよ……。おま×こが吸い付いてきて、気持ちよくて……。このままずっと、挿《い》れっぱなしにしていたいぐらいだよ……」

「ううん。すごいのは、一平くんの方……。あん、こ、こうして繋がってるだけで気持ちいいのに、奥を擦られると頭の中が真っ白になって、何も考えられなくなるの……あはぁんっ！」

一平がもどかしげに腰を捏ねると、杏里の語尾が甘く掠れる。

恐るべき相性のよさ。互いに身じろぎするだけで、強烈な快美感が湧き上がり、凄まじい多幸感に包まれる。

「ねえ。しあわせなの……。一平くんが杏里の膣内にあるだけで、杏里はこんなにしあわせになれるの……」
押し寄せる多幸感に、杏里は目尻に涙さえ浮かべている。
蕩けんばかりのその表情は、眩しいほどに内面から光り輝き、これ以上ないという
ほど美しく、かつ官能的だ。
「お、俺もしあわせだよ。杏里のおま×こが、俺をしあわせにしてくれるんだ……本
当に、最高のハメ心地！　ぐわあああ。たまらないよぉ、最高だぁ！」
「杏里もよ。ああ、こんなおち×ぽを知ってしまったら、杏里は、きっともう一平く
んから離れられない……！」
同じようなことを一平も思い知らされている。きっとこの先、杏里と会えない夜は、
何度もオナニーをすることになってしまうだろう。杏里とのセックスを思い浮かべな
がら。それは辛いことなのか、それともしあわせなことなのか。いずれにしても、こ
の悦びを知らないよりは断然いい。
「大丈夫。俺は杏里を離さない！　知らなかった？　こう見えて俺、結構、物持ちい
い方なんだよ」
一平がおどけて言うと、杏里がぷくっと頬を膨らませた。
「なあにそれ？　物持ちって杏里はモノじゃないし……。でもそうね。もう杏里は、

一平くんのモノなのね……。ねえ。一平くん。動いて。もっと激しいのが欲しい！」

キャンパスクイーンとして君臨する彼女だから、その自尊心は人並み以上に高いはず。にもかかわらず、自ら一平のモノであることを認めてくれる。

それは若牡の本能的な独占欲を満たすためのものなのか、それとも彼女自身がそうなることを欲しているのかは判らない。けれど、それがどれほど一平を満たしてくれたかは、筆舌に尽くしがたい。

ほとんど狂喜乱舞するほど心を躍らせ、自らを奮《ふる》い立たせた。

「判った。じゃあ、本気で突きまくるね！」

一平は一度、腰を大きく引いてから肉弾を打ち込んだ。

杏里にとっては、ズズンと直下型の振動が股下に弾けたように感じられたはず。

「あああ、あああああぁ。ふ、太いのが……うううっ」

「まだ、まだ。ほら、もう一度。ズドン！」

「は、うううううぅっ。ああ、凄い。杏里、裂けちゃううぅ～っ！」

キャンパスクイーンが美貌を左右に打ち振りながら啼き叫ぶ。

それでも抽送は止まらない。一度エンジンを全開にした以上は、フルスロットルで腰を走らせるばかりだ。

「あっ、あっ、ああっ……。すごいっ、ああっ、一平くぅ〜ん！」

甘く啼きながら一平の動きに合わせるように細腰がうねり狂う。男根を咥えた女陰も、純度の高い蜜を分泌する。瑞々しい媚肉は、久しぶりの官能に飽和して、我知らずのうちに、ひたすら男を歓待するのだ。

「うう、杏里の匂いが急に、甘い感じになって」

一平はレイヤーカットの髪を掻きわけるようにして、首筋に鼻を擦りつける。

男に媚びているのは性器だけでない。女体全体から芳醇な牝フェロモンを放ち、目いっぱい牡の本能を煽るのだ。

「うううっ、あ、杏里のカラダ……。一平くんのおち×ちんで、どんどん牝にされてしまうの。だから、いやらしい匂いまで……」

見た目とは裏腹に肉食系の杏里だから、匂いにも敏感なのかもしれない。そんなことを思いながら一平は、媚肉の蠢きを肉棒でしっかり感じ取り、より反応の過敏な箇所を亀頭の傘でゾリ、ゾリとこそいでいく。

「ひあぁっ、くひぃんっ！　ソ、ソコばかり、だめよぉっ。あん、あぁんッ」

「うはぁっ、膣内《なか》がヒクヒクッてした……。杏里は、ココが感じるの？　もっとするね……いっぱい感じて！」

相手を悦ばせることに愉しみを見出すタイプの一平だから、執拗に彼女の感じるポイントを攻め立てる。

「あんッ、あんッ。あんッ！　お、おま×こが、熱いわっ。擦られるたびに、ピリピリッてイケナイ感覚が弾けて……。ああ、何かが、こみ上げてくるぅ……！」

美牝が瑞々しい肉体をブルブルと震わせ、逞しい若牡になす術《すべ》なく蹂躙《じゅうりん》されている。

せめて声だけは抑えようと、はしたなく開いた唇に何度も手を重ねているが、うまく力が入らずに広がった指の隙間から、甘ったるい牝啼きが漏れ続けている。

本気でよがり啼く超絶美女をさらに追い詰めたくて、一平はその手を彼女の下腹部へと運んだ。

「クリトリス、好きだよね……。ここ、弄られながら突きまくられると、もっと感じるでしょう？　……ぐおおお、膣中《なか》が蠢いたよ。杏里エロっ！」

淫裂を突きまくりながら女芯を弄りまわす。充血した肉蕾を指の腹で揉み込むと
「んあああぁ」っと低く淫らな蜜声が湧き上がった。

「んっ……。匂いがまた変わった……！　うわあぁ、匂いもエロっ！」

純度一〇〇％の濃厚な牝臭に、思わず一平は眼を瞬くほど。

「んふっ！」

それでもなお牝芯を弄りまわす手指を緩めようとしない。肉柱で、ぐちゅぐちゅと浅ましい音を立て女陰を掘り返す。

「こんなに濡らしちゃって……。ああ、杏里のま×こ、いい匂いがしてるよ……。本気の牝の匂いだ。そんなに気持ちいいの？　蕩けた顔してさ」

杏里の牝性が、一平のサディスティックな気分を湧き立たせている。

刹那に、牡竿を咥え込む媚肉が、ぐにゅるるるっと蠢いた。

「ああ、言わないで……」

苛《いじ》め過ぎたか杏里が珠のような涙を零す。

一平はその涙を舌でなめとった。

「泣くくらい気持ちいいの……？」

感情を揺すぶられたせいで牝の匂いがさらに強まり、ふたりの間にたちこめた。

「ごめん、ごめん。杏里がすごくいやらしい匂いをさせているから……。本気で感じているからこういう匂いになるのだよね……。これが淫乱な杏里の匂い。大好きだよ……杏里！」

チュッとやさしく桜唇を奪い、力強いストロークで蜜壷をグボッ、グボッと犯す。

その度に、牝の源泉がこんこんと沸き立つ。

このままいつまでも繋がっていたいとの願いも虚しく、悩ましく蠢動する媚肉に揉み搾られ続けて快感が溜まり、肉棒は限界に近づいていた。逆に、憧れのキャンパスクイーンを相手によくここまで持ったとも感じている。

「一平くんの意地悪ぅ……。ああん、杏里も大好きよ……。意地悪されても一平くんが好き！　ああ、来てっ！　杏里のスケベなおま×こに、一平くんの精子をください‼」

杏里もまた一平が終わりに近づいていることを敏感に悟ったらしい。

牝肉をヒクつかせ、懸命に牡肉に快感を与えてくれる。

「杏里もイキそうっ！　一緒に射精《イ》ッて……。ねえ、一平くぅん！」

甘く鼻にかかった声。大きく両手を開き、一平に身を委ねるように促してくる。

「ああ、杏里っ」

一平は大きく息を吐き、キャンパスクイーンの腰を両手で力強く摑んでグイッと引き寄せる。そのまま前のめりに上体を折り、彼女に強く抱きつかれる。

すらりと長い媚脚が、一平の腰に絡みつく。より深いところで精液を浴びようと牝本能がそうさせるのだろう。結果、一平は凝結した精嚢をべったりと股座に密着させ、根元まで分身を呑み込ませて果てることができるのだ。

思いの外、強い力で抱きすくめられ息苦しいまでの幸福感を味わいながら、漲る怒張を根元までズブズブッと押し込み、膣内を己の分身でいっぱいに埋め尽くす。

「ぐふううぅっ、イクよ杏里っ！　思いっきり膣中《なか》に射精《だ》すからねっ！」

「あぁ、来てっ。一平くん、は、早くっ。ああっ、イキそうっ……だめえぇ、イキそう〜っ！」

杏里の蜜壺がキュキュ〜ッと収縮しては、猛り狂う怒張をネットリと包み込み、射精を促してグネ、グネと蠕動する。

うっすらと開いた子宮口が射精寸前の鋭敏な亀頭にチュプッと吸いついた瞬間、一平は頭が真っ白になる強烈な快感に呑まれ、全身を激しく打ち震わせた。

「ぐをおおぉっ！　杏里、射精《で》るよ!!　ああ、射精《で》るっ！」

本能の赴くまま、超絶美女の最奥で縛《いまし》めを解いた。

礫《つぶて》のような牡液に、肉柱がぶるんと媚膣で震える。

我慢に我慢を重ねた射精感が、腰骨、背骨、脛骨を順に蕩かし、ついには脳髄まで焼き尽くした。

「ひうっ！　イクっ！　杏里またイクっ！……あっ、あん、あああぁぁ〜〜っ！」

牡獣の落胤を孕む本能的な悦びが膣肉を収斂《しゅうれん》させている。まるで逸物にすがりつくように肉襞をひしと絡め、白濁液を搾り取るのだ。

男の情欲を全身で受け止めた杏里は、絶頂を極めたまま一平の背中に繊細な爪を立てた。

「ぐふううううっ。搾られる。杏里のま×こに、ち×ぽが搾られる……あぁ、もっと搾って……俺の精子を全て搾り取って！」

種付けの悦びに震えながら一平は、超絶美女に懇願する。その求めに従うよりも早く、受胎本能に導かれた媚膣が、肉幹を蠱惑と官能のままに締め付けてくる。

何度目の吐精発作かも判らなくなるほどなのに、濃厚な濁液は粘っこく子宮を溺れさせる。

「あはぁ、子宮から溢れてしまう……。一平くんの精子で子宮がいっぱい……。あぁっ、熱いのでもイキそう。杏里、精子でイグぅ〜〜っ！」

あり得ないまでに子胤を注ぎ込まれた媚女が、身も世もなくふしだらにイキまくる。それでも一平が肉塊を退かせようとしないから、杏里は切なげに息を詰め、その美貌を真っ赤にさせている。

愛蜜と入り混じった牡汁が白い泡と化し、蜜口からぶびりと下品な音をさせて噴きだした。

濃厚過ぎる情交にシーツは乱れ、狭いベッドの中には牡牝の淫らな匂いが充満している。

(ああ、射精したんだ！　杏里の膣中《なか》に……。キャンパスクイーンに中出ししたんだ……！)

その事実を噛み締めるだけで、一平の愉悦は百倍にも千倍にも膨らんだ。

終章

「ぐふっ、うごっ……おふぅ……んづ……うほっ、あぁ、杏里っ！」

口中が涎だらけとなり、唇がふやけ、舌がつりそうになる。二人とも頬を紅潮させ、荒く息を継いでは口づけを繰り返す。

これから何をされるのかとキャンパスクイーンの期待と羞恥を煽るように甘く激しく。

肉食系のように振舞う割に、意外なほど恥ずかしがりで、奥ゆかしいところも見え隠れさせる杏里。そんな彼女を素直にさせ官能に溺れさせることが心底愉しい。

「とても素敵だよ。杏里の唇って、色も容《かたち》ももものすごく綺麗で、色っぽくて……。ずっと、こんな風にしていたいな……。ぶふぅっ……にしても、こんなにふっくらやわらかで……。舌なんてびっくりするほど甘くて……。どうなっているの？」

「そんな、こと……んん……ん、ふ……ちゅっ、ちゅちゅ」

甘美な唾液、ふるんとした唇のやわらかさ、つるつるとした歯の硬質な感触が、超絶美女と口づけしている実感を味わわせてくれる。

そして相変わらず一平を魅了してやまないこの匂い。官能という題名で香水を調香するとすれば、迷わず一平は杏里のこの匂いを目指すだろう。

それはもう香水というより媚薬と呼ぶ方が正しい代物《しろもの》となるに違いない。

鼻が利くようになって以来、興味も手伝い、香水やアロマオイルなど様々な種類の匂いを嗅いでみた。

無論、学生の身だからショップなどでテスターを嗅ぐばかりだが、それでも色々と勉強になる。

お陰で、匂いを言い表すためのボキャブラリーが格段に増えた気がする。

(やっぱり性的な匂いと、普段の体臭は違う。しかも、昂れば昂るほどいい匂いがしてくるのだから、おんなって不思議だよなあ……)

もっとも一平と同様に鼻の利く杏里に言わせると、それは男も同じらしい。

「一平くんだって興奮すればするほど、牡の匂いをさせているわよ。今日なんて逢った途端に、すっごくエッチな匂いで杏里を誘っていたのよ……」

そう指摘され、赤面したのを覚えている。

既に杏里には、すべて洗いざらい白状している。

一平の鋭い嗅覚のことも、それにより街を歩くだけで日常的に牝臭を嗅ぎ分けてしまい酷く性的欲求不満が高まっていること。挙句、それが原因なのか絶倫状態にあることまで。

恋菜と純玲と出会い、いまもなお関係が続いていること。そして亜弓とのことまで、何もかも赤裸々に話してしまった。

知らせれば傷つけるかもしれない。悪くすると愛想を尽かせるかもしれない。そう怖れ慄《おのの》きながらも、話さずにいられなかったのは、杏里には一切の隠し事をしたくなかったからだ。それだけ杏里のことを大切に想い、愛してもいるのだ。

「判ったわ。それって一種の病気みたいなものでしょう？　感染症の後遺症なのだもの……。その恋菜さんと純玲さんとのことも、治療の一環と考えることにする。でもね、杏里のことを一番に考えてね。杏里を一番かわいがって……」

恐る恐る打ち明けた一平は、結局、杏里の賢さに救われた。

「それと、もうおんなの子をナンパするのはやめにしてね。なるべく他のおんなの匂いを嗅ぐのもなし！」

「うん。約束する。杏里以外のおんなの子をナンパするのも、匂いを嗅ぐのもやめにする。その代わりいっぱい杏里のエッチな匂い、嗅ぐからね！」

人間の順応力とは恐ろしいもので、実は、あれほど悩まされていた牝フェロモンに、闇雲に反応しないようになっている。

耐性がついたと言うべきか、慣れたと言うべきなのか、恋菜の見立てでは「無意識のうちに匂いを遮断しているのでは……」ということだった。

その割に、特定の匂いにだけは、どうしようもなく反応するのはなぜだろう。

その最たる匂いが、他でもない杏里の匂いなのだ。確かに、恋菜や純玲の匂いにも反応するが、杏里ほどの強烈さはない。

「もう！　一平くんのスケベ……。でも、杏里の匂いがそんなに好きならいいわ。いつでも嗅がせてあげる！」

好きどころの騒ぎではない。一平にとって杏里の匂いは、何もかもがドストライクなのだ。

実は、おんなは、普段の体臭や男を誘うフェロモン臭、興奮した時の発情臭と、そのシーンにおいてそれぞれに異なる匂いを発している。その全ての匂いが、一平好みなのは杏里だけだ。

動物たちの中には、匂いで相手を威嚇《いかく》したり、牝を誘ったりと、コミュニケーションを取るものがあると聞く。

もしかすると、人間の男女も無意識のうちに、この匂いを頼りにパートナーを探しているのかもしれない。匂いで、相手を惹きつけたり、安心させたり、発情させたりしているのではないだろうか。

特に男女の仲は、第一印象で決まることが多いと聞く。けれど、それは第一印象なのではなく、第一淫臭なのかもしれないと密かに一平は思っている。

すなわち匂いこそが最大のマッチングアプリ。官能的な香りに誘われ、動物的本能が静かにゆらめき出すのは、そういう訳なのではないだろうか。

「ああ、やっぱり杏里の匂いが一番だ。匂いってさ、脳の一番原始的な部分に直結してるんだって。つまり俺の本能が杏里を欲してるってわけ！」

キャンパスクイーンの女陰に鼻先を近づけながら、他人には理解不能なセリフを吐いている。

途端に、ツーンとするような刺激臭が一平の鼻面を叩いた。普通の嗅覚では知ることのできない杏里の発情臭。蜜液に多く含まれる匂いだ。

女陰に牡肉を受け入れるために滴る牝汁は、膣内を滅菌するための酸性液でもある。酢やヨーグルト、チーズなどを連想させる匂いの元が、それにあたるのだろう。

ヴァニラやバラのような甘い匂いを感じるのは、皮下から滲み出るフェロモン臭が入り混じるからだ。牡を惹きつけるための匂いだからこそ甘く切なく薫るのだ。

さらには、汗や脂の匂いと元々の体臭、そして個人個人が好む食べ物などによっても匂いは変わる。

特に杏里の匂いは、一平の性器をくすぐるかの如く、たちどころに勃起させてしまうのだ。

「ああ、もう堪らないよ。ねえ、杏里、おいで。また繋がろうよ」

両手を拡げ促すと、恥じらうように美貌が縦に振られた。

「どうすればいいの？　杏里から迎え入れればいいのかしら……？」

胡坐《あぐら》をかいて座る一平に、杏里が跨《また》がるようにして分身を迎え入れようとする。

「対面座位で杏里とするの、はじめてだね。イチャイチャするのには、もってこいだよ」

くぱーっと透明な糸を引いて口を開ける恥裂が肉柱の上に覆い被さる。既に、鈴口は先走り汁でネトネトのため、ツルンと膣口の表面を滑り、その内側に落ちた。

一平が、そのまま腰を突き上げると、「んんっ……」と女体が痙攣し甘く呻いた。

「ぐぅぅっ……！」

呻いたのは一平も一緒だった。濡れて潤んだ媚肉の凄まじい感触に、思わず漏れ出したのだ。

「ああ、やっぱり杏里のま×こ、気持ちいい……。ち×ぽが蕩けそうだよ」

小さな肉孔なのに、太い肉柱を容易く咥え込むのは、その柔軟性をいかんなく発揮するからだ。今日何度目かの挿入だから、すっかり一平の分身に馴染んでいるものの、膣口をパッパッに開かせている。

「ああ、一平くぅん！」

重力に任せるように蜂腰を落としてくる杏里。亀頭冠をぬぷちゅぷっと呑み込むと、あとはずずずっと迎え入れてくれる。

何度も絶頂に昇り詰めた肉体だからであろうか、甘味を感じるほどヌルッと滑らかな蜜壺は、驚くほどに複雑にうねりぬかるんでいる上に、一平の極太を奥へ奥へと導いてくれる。

しかも、みっしりと発達した肉襞が肉柱をしゃぶりつけ、挿入した先から溶かされていくような感覚だ。

「ぐうううっ。溶かされる。ち×ぽが溶かされちゃう……。あぁ凄いよ。ま×こがヒクヒクして、ち×ぽにキスしてくるよ……。こんなに熱いキス、杏里のま×こ、俺のち×ぽが好きなのだね」

見た目に清廉でありながら二十一歳の年齢に見合わない成熟度。早熟にも完熟に近い状態にまで熟れさせている。テニスによって培《つちか》われたナイスバディは、蠱惑的な肉感にも充ちて、完成されたエロボディでもあるのだ。それをいつも己が肉棒で再確認できる一平の幸運たるや宝くじに当たる以上と言っていい。

「ああん、もう！　一平くんは杏里に恥ずかしいことばかり言わせたいのね。いいわ。言ってあげる……。あ、杏里のおま×こは一平くんの大きなおち×ちんが大好きなの。だから、熱いキスをして、きゅんって抱き締めちゃうの……」

すでに慣れた男女の仲であるから、杏里はこれまで以上に打ち解けて、その口調も恋人同士のような甘味マシマシになっている。

しかも、その杏里のセリフ通り、膣肉がきゅんと締まり、肉塊に吸い付いてくるのだ。

「ぐわあああっ……や、やばいよ。杏里のま×こ……超具合がいいっ！　おううっ、まだ呑み込まれる……付け根どころか、玉袋まで呑まれちゃいそうだ！」

ぬちょっと亀頭エラが潜り抜けると、後は勢いでぬるるるんっと、猛々《たけだけ》しい肉勃起がさらに奥へと迎え入れられる。それも一平自身が腰を押し出している訳ではなく、杏里の蜜壺が呑み込んでくれるのだから、その興奮はすさまじい。

大慌てで一平は、奥歯をぎゅっと嚙みしめた。腹筋に力を入れ、菊座もきつく締める。そうでもしなければ、すぐにでも射精させられてしまいそうなのだ。

一昨日は恋菜と純玲を相手に、夜更けまで何度射精したかも判らない。しかも、昨日から杏里が一平の部屋に来て、ほぼ一日中交わり続けている。いくら、精力絶倫、やりたい盛りの一平とはいえ、それだけ打ち放題にぶっ放してばかりいて、そうたやすく早打ちするものではない。にもかかわらず、杏里の媚肉の前に、ひれ伏さなければならないこの体たらく。

「凄いよ杏里！　やっぱりいいま×こだ……。名器って、こんなに素晴らしいま×このことを言うんだよね……」

やわらかくも窮屈なのは、肉襞が密生してうねっているからそう感じるのだろうし、その締まり具合は入り口どころか、膣肉全体がむぎゅっとすがりつくように締め付けてくる。

しかも、杏里の膣肉は贅沢なまでに肉厚で、奥行きも深いのだ。大きな一平の肉棒を全て呑み込んでも、ようやくその鈴口が子宮口に届くか届かないかといった具合。お陰でしわ袋がぴっちり膣口を塞ぎ、その感触がかつてないところまで挿入したように感じられるのだ。

「知らないっ……。もうっ、いつも一平くんは、杏里を恥ずかしがらせてばかり……ううっ。でも、一平くんのおち×ちんだって凄いわ。太くて、硬くて……。杏里のこんなに深くまで届いちゃう……あはぁ、奥まで拡げられているのに気持ちいいっ！」

杏里がその長い腕を伸ばし、一平の首筋にしがみついてくる。愛しい男に甘えるように、みっしりとすがりつくのだ。

「やぁん……うそっ！　まだ大きくなるの？　あん、硬さも増していく！」

射精発作に見舞われたかの如く肉嵩《にくかさ》が増すのを一平自身も感じた。吐精そのものは、まだかろうじて堪《こら》えている。にもかかわらずなおも膨れるのは、怒涛の興奮と感動に肉棒への血流が増したからだろう。

「ああああっ、奥で脈打っているわ……一平くんのおち×ちんが、どくん、どくんって……切なく、疼かせているのね……」

まるで聖母のような慈悲深い眼差し。一平の頬にその唇を触れさせ、やるせなく込み上げる衝動を癒してくれようとするのだ。

「ああ、杏里。愛しているよ。大好きだ……杏里……」

あの憧れの杏里に挿入しているのだとの精神的充足感も大きい。誰もが焦がれるキャンパスクイーンが裸で我が腕の中にあるのだから、何度抱いても心が昂らぬはずがない。

「好きなんだ。大好きだよ。杏里っ！」

一平の方からも華奢な痩身に腕を回し、ぎゅっと抱きしめる。抱き心地のいい女体に、さらに心が震えた。

「ああ、うれしい！　杏里も一平くんが好きっ！　愛してるわ……。あぁ、うれしくて、イッてしまいそう……しあわせなの……あぁっ、杏里、またイクっ！」

超絶美麗な女体がぶるぶるぶるっとわななないた。愛らしくも楚々とした美貌を、アクメ顔に強張らせている。

この素晴らしい牝を手放すことなど最早考えられない。

漣《さざなみ》立つ胸をかきむしるような思いに、腰の突き上げをグンとくれた。

「あっ、あぁん……っ」

対面座位の結びつきは、律動を制約されて、なかなか思うに任せない。もどかしくなった一平は、イキ極めたままの杏里の太ももに手を回し、女体をくるりと裏返しにしてからその場に膝立ちした。

「あんっ！」

「ねえ、今度は後ろから……。杏里を色々な体位で犯したいんだ！」

大人しく言いなりになる杏里を一平はバックから貫くと、そのくびれに手をやりやさしく引き付けた。

自然、キャンパスクイーンのお尻が持ち上がり、その手をベッドに着いた。

四つん這いの態勢が整うと、さらに超絶美女を開発するつもりで、最深部に勃起を埋め込み、ぐりぐりと奥でグラインドさせる。

「ああッ、あッ、あん、すごっ……これ、深い……んあんっ、いいの、いつもより奥に届くのぉ……あはっ、あっ、ああぁッ！」

硬いエラで膣壁を削られるたび、全身の毛穴が開くような愉悦が走るのだろう。

未開発の膣奥であれば、気持ちよさよりも苦しさが先立つはず。けれど、すっかり一平の分身に慣れ親しんだお陰で、今は泣きたくなるほどの法悦が生じるらしい。

一平もまた、鈴口が子宮口に擦れて気持ちがよかった。

「奥に響く……ああん、何なのこれぇ……。こんな子宮の気持ちよさ、知らなかったのにぃ……っ！」

想像以上に杏里の経験が少ないことは明らかで、膣奥まで掘り返す肉塊と出会ったのもはじめてなのだろう。無双の経験であればこそ、羞恥《しゅうち》も狼狽《ろうばい》も大きくなる。

「イヤ、イヤッ……そこダメ……あぁ、一番奥、揺らすのダメぇぇっ!!」

拒むセリフとは裏腹に、超絶美女も媚尻を振るようにして膣奥を肉柱に擦りつけてくる。

「イク、イク……杏里、イッちゃう……！」

大きな瞳に涙を浮かべ、アクメを迎えようとした刹那、さらに想定外のことが起きた。グラインドさせるばかりだった一平が律動を開始させたのだ。

「あはああああぁっ！　イクぅっ！　ああイクぅっ！」

ガクガクガクッと女体を激しく痙攣させ杏里が絶頂を極めた。にもかかわらず昂る一平は、抜き挿しを止めようとしない。

四つん這いが崩れ、前方につんのめる体勢になっても、一平に向けて尻を捧げたまま杏里は激しい抜き挿しを受け止めてくれる。

「ごめんよ。杏里。イッてるのに切ないよね。でも、俺も射精《だ》したいんだ。杏里の膣《な》内《か》にいっぱい射精《だ》したい！」

「ううんっ……。いいの。うれしいから。一平くんの精液が欲しかったの……杏里はいつでも……あっ、ああん……好きなだけ……。だから杏里にいっぱい射精《だ》して……あっ、あぁん……っ！」

「ああ、杏里。俺もうれしい。愛しい杏里に何度も射精《だ》せるのだから……。これで終わりじゃないよ。これからもずっと、このま×こに射精《だ》しまくるからね！」

　獣欲を剥き出しに一平は、背後から鳩胸を鷲掴みにする。指の間からひり出した乳首が真っ赤に充血して膨れ上がるのをすり潰した。

「はうぅっ……。お、おま×こだけじゃないわ。この唇も、おっぱいも、太ももも、髪のひと房まで全て一平くんのモノよ。全て一平くんの好きにしてぇ……！」

　一平のことを愛してくれている上に、いつでも交わらせてくれるとまで誓う杏里。淫ら過ぎる約束は、彼女が性悦に酔っているからであろうか。

（なんだってかまわないよ。あんなに知的な杏里が……。キャンパスクイーンが俺とのセックスに溺れているのだから……！）

　凄まじいばかりの悦びと男としての矜持に包まれた一平は、このまま杏里を孕ませようと猛然と腰を繰り出した。

　そうして欲しいとキャンパスクイーンの匂いが告げているのだ。

　背後から何度も抜き挿しして、杏里の肉体を前後に揺さぶる。

　肉棒が膣孔の中で白濁液を激しく掻きまわす。

「熱い……杏里のま×こ、すごく熱くて、ぎゅんぎゅん締め付けてくる……」

「いやっ、恥ずかしぃ……。けど、熱いのは一平くんのおち×ちんも一緒……。熱くて、硬くて、太くて……杏里を夢中にさせるの……あぁん～～っ！」

超絶美女も媚尻を大きく蠢かせ円を描く。あたかも膣孔がシェーカーのように、肉棒を挿入したまま激しく動き、肉柱の至る処が媚壁のあちこちに擦れまくる。

「あぁん、素敵……一平くぅん…もっと深くまできてっ……大丈夫、大丈夫だから…杏里の奥をもっと突いてぇ！」

切なげに啼き叫び、杏里も淫らに蜂腰を振る。彼女が動くたび、敏感な粘膜に心地いい刺激が広がり、肉棒が熱くなった。

甘い快感に酔い痴れながら一平は、美乳を双の掌で弄び、若さに任せた屈強な腰使いで杏里の恍惚を掘り起こしていく。

「ああ杏里！　俺の精液をまた子宮に！　熱々の体液が、杏里の一番奥に出る！　スケベな精子が杏里の卵子と合体するんだ！」

「うん……。射精《だ》して。一平くんの赤ちゃん、絶対に孕むから……ぁああ……一平くん……好きよ……好き、好き、好き……！」

あれだけ理知的だった杏里が、一平の遺伝子を残したくてたまらないと訴え、一匹の牝と化している。これも杏里が、一平の牡フェロモンに酔っている証拠だろう。

情感にわななく桜唇が肩越しに、一平の同じ器官に熱く重ねられた。

「あぁぁ、射精《で》るよ……射精《で》るっ！　ぐわあああぁっ、杏里ぃ～～っ！」

情熱的なキスにも促され、ついに一平は射精トリガーを引き絞った。

一平の子を孕もうと膣肉が収斂を繰り返す。媚尻をぐいぐいとこちらに押し付けるように突き出して、より深いところで精を浴びようとするのも、牝本能がそうさせるのだろう。

お蔭で一平は凝結した精嚢をべったりと女陰に密着させ、根元まで逸物を呑み込ませて果てることができた。

「ぐふううぅっ。搾られている。杏里のおま×こに、ち×ぽを搾られている……あぁ、もっと搾って……俺の精液、全部子宮で呑んで！」

そんな牡獣の求めに従うよりも早く、受胎欲求に捉われた牝が肉幹を蠱惑と官能をもって締め付けてくる。

何度も吐精したとは思えない濃厚さで白濁液を吐き出すと、ぱっくりと開いた鈴口から直接子宮へと注ぎ込んだ。

「あはぁ、おま×こ溢れてしまいそう……。一平くんの精子で子宮がいっぱいに……。あぁっ、熱いのでイクっ。杏里、精子でイクぅ～～っ！」

常識外れなまでに樹液を流し込まれた杏里は、文字通りその牡汁に溺れ、はしたなくもイキまくる。

太い肉幹がみっちりと牝孔を塞いでいるから、溢れかえった精液に行き場はない。自然、膣内で逆流し、子宮を溺れさせるのだ。

それでも一平が肉柱を退かせようとしないから白濁液が愛液と混じり、白い泡を吹きながら蜜口から漏れ出した。ぶびっと淫らがましい音を立て、牡牝の粘液が撹拌《かくはん》された白い泡汁となり、つーっと杏里の白い太ももを伝わり、シーツの上に滴り落ちた。

杏里にしっかりと種付けした一平は、訪れた賢者タイムに、これからのことを想った。

もし本当に杏里が一平の子を孕んだら学生結婚でも何でもするつもりだ。否。孕んでいなくとも嫁にできるものならしたい。

「一平くん。杏里と結婚したいとかって思っているのでしょう。うふふ。単純なのだから……」

匂いで悟ったのか杏里がくるりとこちらに向き直り、言い当てた。

「あれ？　結婚してくれないの……？」

まさかの言い回しに一平が不安を口にする。

「うふふ。どうしようかなあ……。いまのがプロポーズじゃ望みは薄いかもよ」

うっとりとそう囁きながら杏里が一平の頭を抱き寄せてくれる。むぎゅりと胸板に乳房を押し付けられただけで、途端に賢者タイムが終わりを告げた。

プロポーズの言葉は、またゆっくりと考えればいい。一平の気持ちを杏里は判ってくれている。今はそれで充分だ。

またぞろ彼女が欲しくなり、半勃ちしはじめた肉棹をスベスベの内またに擦りつける。それだけでも堪らない愉悦が沸き起こり、すぐにフル勃起に充溢した。

杏里もその細腰をくねらせ女陰粘膜を一平の上反りに擦りつけてくる。

途端に、二匹の淫獣が発情臭を立ち昇らせる。そのまま二人は唇を重ねあい、激しくもやさしく求めあった。


（了）

※本作品はフィクションです。作品内に登場する
団体、人物、地域等は実在のものとは関係ありません。

発情《はつじょう》フェロモンの虜《とりこ》

〈書き下ろし長編官能小説〉

2022年7月26日初版第一刷発行

著者……………………………………………北條拓人

デザイン……………………………………小林厚二

発行人………………………………………後藤明信

発行所…………………………………株式会社竹書房

〒102-0075 東京都千代田区三番町8-1

三番町東急ビル6F

email：info@takeshobo.co.jp

竹書房ホームページ　http://www.takeshobo.co.jp

印刷所……………………………中央精版印刷株式会社

■定価はカバーに表示してあります。

■落丁・乱丁があった場合は、furyo@takeshobo.co.jp までメールにてお問い合わせください。